HANS CHRISTOPH BUCH

# DER FLUG UM DIE LAMPE



FRANKFURTER VERLAGSANSTALT

FSC
www.fsc.org
MIX
Papier | Fördert
gute Waldnutzung
FSC® C083411


Lektorat © Frankfurter Verlagsanstalt
Herstellung und Umschlaggestaltung: Laura J Gerlach
unter Verwendung des Gemäldes »Vuelo de brujas«
von Francisco de Goya
Satz: psb, Berlin
Druck und Bindung: CPI books GmbH, Leck
Printed in Germany
ISBN 978-3-627-00319-7

FVA

*Hans Christoph Buch in der Frankfurter Verlagsanstalt:*

*TOD IN HABANA, Erzählung*
*REISE UM DIE WELT IN ACHT NÄCHTEN, Roman*
*BARON SAMSTAG. ODER DAS LEBEN NACH DEM TOD, Roman*
*BOAT PEOPLE. LITERATUR ALS GEISTERSCHIFF, Berner Poetikvorlesung*
*ELF ARTEN, DAS EIS ZU BRECHEN, Roman*
*STILLLEBEN MIT TOTENKOPF, Roman*
*TUNNEL ÜBER DER SPREE. Traumpfade der Literatur*
*ROBINSONS RÜCKKEHR. Die sieben Leben des H.C. Buch*

## Inhalt

*»Es macht nichts, wenn der Leser nicht alles versteht,*
*verstünde er alles, würde er sich langweilen«* ...
(György Konrád)

## Ephemera Vulgata – statt eines Prologs

Mein Flug um die Lampe dauert nur eine bis zwei Sekunden, aber das ist eine Ewigkeit für Eintagsfliegen wie mich, von denen es weltweit 3000 Arten mit 42 Familien und 400 Gattungen gibt, davon allein 117 in Deutschland, wovon eine, die am Rhein vorkommende *Oligoneurella rhenana* nur 40 Minuten lang lebt, denn ich werde nicht bei Sonnenaufgang geboren und sterbe bei Sonnenuntergang, wie Aristoteles annahm: Nein, meine Lebensdauer ist länger und kürzer zugleich, und wenn ich nach einjähriger Inkubationszeit, die ich als Larve im Wasser verbringe, vorzugsweise in Bächen, wo ich mich von Pflanzenresten und Algen ernähre und auf Kieseln wachsenden Biofilm abweide, zur Oberfläche aufsteige, um aus der Haut zu fahren und meine Schutzhülle zu verlassen, sind die Fresswerkzeuge verkümmert ebenso wie der mit Luft gefüllte Darm, der das fragile Gehäuse stabilisiert, und ich habe nur noch eine einzige Aufgabe, der meine Facettenaugen ebenso dienen wie die zu Greifarmen entwickelten Vorderbeine, mit denen ich eine zum Hochzeitsflug ausschwärmende weibliche Fliege umklammere und in der Luft begatte. Habe ich diese Pflicht erfüllt, sterbe ich ebenso wie das Weibchen, das vorher seine Eier im Wasser ablegt und Uferwege und Uferstege durch Anhäufung glitschiger Kadaver in Rutschbahnen verwandelt, ein Phänomen, das Johann Christian Schäffer schon 1757 beschrieb in einem Traktat über Uferaas, nicht zu verwechseln mit Ufos, an der Steinbrücke zu Regensburg, aber ich bin älter als Schäffer und dessen Gewährsmann Aristoteles, denn es gab mich schon zur Zeit der Urinsekten des Perm, deren Abdrücke sich in Kohleflözen des Karbon und Bernsteineinschlüssen erhalten haben –

# Erstes Buch:
# ICH IST EIN ANDERER

## Mein letzter Seufzer

Ich werde öfters gefragt, ob ich der älteste Mensch oder Mann hier am Ort bin. Die Antwort lautet nein, denn viele Einwohner von Jacmel sind älter als ich, doch die meisten von ihnen sind tot, und die wenigen, die noch am Leben sind, werden bald sterben und mir vorauseilen ins Jenseits, das auf Kreolisch Guinea heißt, das Land ohne Hut, aus dem kein Weg ins Leben zurückführt.
Jacmel ist eine Hafenstadt an der Südküste Haitis, und in einer schwer vorstellbaren Vergangenheit, als Hapag-Lloyd-Dampfer auf der Fahrt von Kingston nach La Habana hier anlegten, arbeitete mein Onkel Toto als Kaffeeröster in einem aus dem 18. Jahrhundert stammenden Gewölbe, das noch heute nach Kaffeebohnen und zum Trocknen ausgelegten Orangenschalen duftet. Fünfzig Jahre später ließ ich mich in Jacmel nieder, um, angelockt von den damals noch günstigen Preisen, im subtropischen Klima meinen Lebensabend zu verbringen.
Nach dem aus Kaffee und Toast mit Guavengelee bestehenden Frühstück nehme ich Platz auf der Terrasse des Hotels de la Place und betrachte die länger werdenden Schatten, die über den Vorplatz wandern, auf dem außer einem Schuhputzer, der sich mit einem Lappen Luft zuwedelt, und einer Marktfrau, die bittere Orangen verkauft, niemand zu sehen ist; steht die Sonne im Zenit, ist der Platz leergefegt.
Ich spiele Schach gegen den Tod, der unsichtbar mit am Tisch sitzt und jede Partie gewinnt, ganz gleich, ob ich sie mit Indisch Grün oder Preußisch Blau eröffne. Nachdem

er meine Dame zu Fall gebracht und den König schachmatt gesetzt hat, sammle ich Bauern, Läufer, Springer und Türme ein, und während ich die schwarzen und weißen Figuren in ihre Fächer einordne, frage ich mich, was ich im Leben falsch gemacht habe. Die Antwort ist: Alles, was man falsch machen kann. Aber statt zu erklären, was diese Selbstanklage bezweckt, muss ich klarstellen, wie ich heiße und wer ich bin, bevor der Text, noch ehe er Fahrt aufnimmt, mir aus dem Ruder läuft. Mein Name ist Dingsda, von Freunden Ötzi genannt wegen meiner Ähnlichkeit mit dem im Gletschereis konservierten Steinzeitmann: Ich war und bin Kriegs- und Krisenreporter, Berichterstatter, aber nicht Bestatter von Beruf, obwohl beides schwer voneinander zu trennen ist.

Ich bin viele Tode gestorben und immer wieder Meister Hein von der Schippe gehüpft: Frauen und Freunde haben mich zum Teufel gewünscht und Feinde haben mir Killerkommandos auf den Hals gehetzt. Aber ich will versuchen, die Ereignisse der Reihe nach zu erzählen – der Einfachheit halber fange ich am Ende an. Mitte der achtziger Jahre des vorigen Jahrhunderts erhielt ich *Schweizverbot*, ein Wort, das heutzutage niemand mehr kennt. Von meinen damals noch gut dotierten Honoraren hatte ich mir ein Chalet in der Schweiz gekauft, gekoppelt an die Auflage, nicht länger als drei Monate im Jahr dort zu verbringen. Das hart an der Grenze gelegene Haus diente mir als Sommerfrische und Skihütte, Dichterklause und Liebesnest, vor dem weithin sichtbar mein roter Alfa Romeo parkte.

Bösartige Nachbarn – in der Schweiz sind alle Nachbarn böse – alarmierten die Fremdenpolizei, und ich entzog mich den Nachstellungen, indem ich aus dem Fenster des Schlafzimmers sprang, wo ich es mit meiner Praktikantin trieb, und auf deutschem Boden landete. Der Alfa Romeo wurde von den Kantonsbehörden konfisziert, die Praktikantin ebenfalls, und das *Schweizverbot* von neun Monaten auf drei Jahre verlängert. Ein Unglück kommt selten allein, und als ich mit einem von Max Frisch entliehenen Jaguar in Schlangenlinien die Grenzkontrolle durchfuhr, wurde ich vom deutschen Zoll gestoppt, der mir wegen Alkohol am Steuer den Führerschein entzog und die im Kofferraum gestapelten Banknotenbündel konfiszierte. Die Praktikantin gab mir den Laufpass zugunsten von Max Frisch, und ich beschloss, mein Leben zu ändern.

Ich verkaufte das Chalet weit unter Preis – der Löwenanteil ging für Maklergebühren, Anwalts- und Notarkosten drauf –, und vom verbleibenden Rest erwarb ich ein baufälliges Bauernhaus, eine Fachwerkruine im Zonenrandgebiet, wo keiner mehr leben wollte, weil man einen Atomschlag mit SS-20-Raketen oder die Lagerung hochradioaktiven Mülls befürchtete. Beides lief auf dasselbe hinaus, und periodisch aufflammende Proteste rabiater Atomgegner gegen die noch rabiatere Polizei trugen wenig zum Wohlbefinden der Bürger bei.

Nach der Devise handelnd, dass die Axt im Haus den Zimmermann erspart, krempelte ich mir die Ärmel hoch, verfugte mit Mörtel das Mauerwerk, wechselte Türschwellen und Fußbodendielen aus, die ich mit Holzschutz lackierte, legte Eichenbalken frei und strich sie mit zum Niesen reizendem Insektengift. Ich isolierte Decken und Wände mit asbesthaltigen Dämmstoffen, verlegte Kupferrohre und Stromkabel, schichtete farbige Flaschen übereinander und verkleisterte die Zwischenräume mit Lehm, um einen an Kirchenfenster erinnernden Lichteffekt zu erzielen. Zu guter Letzt erneuerte ich den in den Torbalken geschnitzten Gesangbuchvers: »Hilf dass des Lebens Hitz und Last / die Du mir auferleget hast / mir nicht zu schwer zu tragen sei. / Bricht meines Leibes Haus entzwei / so führ durch Christi Not und Pein / mich Herr in Deinen Himmel ein.« Ich rollte Teppiche aus, baute Bücherregale, die ich mit alphabetisch aufgereihten Büchern füllte, lagerte Weinflaschen im Keller, dazu ein Fass mit Salzgurken und eins mit Sauerkraut, kochte Marmelade und goss Eingemachtes in Einmachgläser, die ich mit Weckgummi luftdicht verschloss, und als alles getan war, entzündete ich ein Feuer im Kamin, entkorkte eine Flasche Wein, und wie Gott am siebten Schöpfungstag betrachtete ich mein Werk mit Wohlgefallen.

Es kam, wie es kommen musste: Der Nachbar zur Linken walzte den Grenzzaun nieder und schüttete Gift auf meine frisch gepflanzten Stachelbeersträucher; der Nachbar rechts eröffnete einen Schweinemastbetrieb, der die Luft verpestete, meine Freundin, die Max Frisch verlassen hatte und reumütig zu mir zurückgekehrt war, verliebte sich in eine Bäuerin und zog mit ihr in das Schweizer Chalet. Meine Ex-Frau focht den Verkauf des Hauses an, wegen eines Formfehlers gab das Gericht ihr recht, und auf einem Berg von Schulden sitzend, ohne Frau und Freundin, ohne Auto und Führerschein, blieb ich allein in der Fachwerkruine zurück.

Vergeblich goss ich Tee auf, buk Kuchen und schob Braten in die Bratröhre, den ich, um Besucherinnen anzulocken, mit Rotwein ablöschte, aber keine Künstlerin oder Dichterin, keine freie Mitarbeiterin oder Redakteurin des öffentlich-rechtlichen Rundfunks erbarmte sich meiner, ich geriet in Vergessenheit und verschwand schneller in der Versenkung, als das Hervortreten aus der Anonymität und mein kometenhafter Aufstieg gedauert hatten.

Ein Unglück kommt selten allein, und als ich Platz nahm am selbst gezimmerten Schreibtisch, dessen Eichenbretter ich mühsam glatt gehobelt hatte, fiel mir nichts mehr ein. Wie Jack Nicholson als an Schreibblockade leidender Schriftsteller im Film *Shining* tippte ich von morgens bis abends ein und denselben Satz in meine gute alte Remington. Oder war es ein IBM-Klon?

Nach getanem Tagwerk verlasse ich die in die Dachschräge eingebaute Schreibklausur – Arbeitszimmer klingt zu pompös – und steige über die viel zu steile Treppe, auf der ich mir eines Nachts den Oberschenkelhals brechen werde, in den Keller hinab. Der mit Spitzenweinen aus Bordeaux und Burgund, aber auch mit Mosel- und Ahrwein bestückte Keller ist mein bevorzugter Aufenthaltsort. Doch statt eine Flasche Riesling aus Kloster Eberbach zu entkorken, nehme ich mein Altsaxophon aus dem Koffer, speichle das Bambusblatt ein und blase mir den aufgestauten Frust von der Seele, indem ich *Night in Tunisia*, *Ornithology* und *Scrapple from the Apple* intoniere, drei schwer zu spielende Stücke meines Vorbilds Charlie Parker, die im Regal abgestellte Gläser und Flaschen klirren und scheppern lassen, bis das Telefon klingelt und genervte Nachbarn sich über das kakophone Gedudel beschweren.

Stunden später – es war eine sternklare, frostige Winternacht – öffnet sich wie von Geisterhand die Tür des Weinkellers, und eine dunkle Gestalt tappt schwankend über den Hof, um sich im milchigen Mondlicht an einem kahlen Baum zu erleichtern. Der Hausbewohner, ein Hagestolz und Sonderling, über den abwegige Gerüchte kursieren, scheint betrunken zu sein, denn er stolpert über einen Haufen gefrorener Äpfel – oder sind es Kartoffeln? –, auf dem er hilferufend liegen bleibt. Seine Rufe werden schwächer und gehen in Flüche und lautloses Murmeln über, während er sich wie im Wasserbett auf der beweglichen Unterlage hin- und herwälzt und vergeblich aufzustehen versucht. Dies scheint das Jenseits zu sein, nicht die Hölle, eine Vorhölle vielleicht, ein von Dante geschilderter Limbus, in dem es nach Apfelmus und Kartoffelbrei riecht, eine rheinische Spezialität, die Himmel und Erde heißt, und das letzte Bild, das er, als ihm die Augen zufallen, vor sich sieht, ist der Große Bär, *Ursa Major*, auch Großer Wagen genannt. Dabei fällt ihm ein, dass er keinen Führerschein und auch kein Auto mehr besitzt, die Kälte kriecht in die Hosenbeine und weiter hoch bis zur Brust, und er gleitet hinüber in traumlosen Schlaf –

## Bacchus und ich

Im Schlaf beschenkt Gott mich mit Geschichten, von denen ich nicht weiß, woher sie kommen und wohin sie mich führen werden. Unklar bleibt, wer von uns beiden schläft und wer was träumt – träume ich Gott oder träumt Gott mich? Oder findet der Traum ohne sein und mein Zutun statt – wenn ja, in wessen Kopf?

Im Traum bin ich Casanova, der sich von hinten an die Marquise d'Urfé drängt, eingekeilt in eine Zuschauermenge, die von einem erhöhten Blickpunkt aus, einem Dachfenster oder einem Balkon, der Hinrichtung des Attentäters Damiens beiwohnt, eines geistig verwirrten Mönchs, der mit Messerstichen Ludwig XV. zu töten versuchte – oder war es Ludwig XVI.? Während der Henker, Maître Sanson, ihm die Knochen bricht und flüssiges Blei in die Wunden des Delinquenten gießt, der mit unartikulierten Schreien den Tod herbeiwünscht, dränge ich mich an den Hintern der Marquise, zeitgleich mit dem Moment, in dem sechs Pferde den Attentäter in Stücke reißen, was nicht ganz gelingt, der blutige Stumpf zuckt noch, Haupthaare und Bart werden schlohweiß, und während Madame Pompadour, die Maîtresse des Königs, in eine Porzellanschüssel kotzt, beschließt dieser, die aus dem Mittelalter stammende Form der Hinrichtung abzuschaffen und in Zukunft eine humanere Methode anzuwenden, die sein Leibarzt Doktor Guillotin empfiehlt, ohne vorauszuahnen, dass er selbst auf der Guillotine zu Tode kommen wird.

Das ist nur das Vorspiel zu meinem Traum: Um sich erkenntlich zu zeigen, lädt die Marquise mich zu einer

Kutschfahrt ein und bekommt, als sie sich aus dem Fenster beugt, um einen vorbeireitenden Kavalier zu grüßen, eine Ohrfeige verpasst, die ein Wundmal auf ihrer Wange hinterlässt, das ich mit Zinksalbe bestreiche, wobei unklar bleibt, ob ihr der Hieb mit der flachen Hand, mit einer Säbelklinge oder von einem zurückschnellenden Zweig versetzt worden ist. Letzteres scheint mir am wahrscheinlichsten, und ich rate der Marquise, Anzeige zu erstatten, der das Gericht in zweiter Instanz stattgibt: Obwohl oder weil der Kavalier sich außerhalb der Reichweite der Marquise befand, folgen die Geschworenen meiner Argumentation, dessen Hund, ein Dobermann, sei bellend am Kutschbock hochgesprungen und habe das Vor- und Zurückschnellen eines Asts ausgelöst, der die Wange der Marquise traf – vielleicht war es auch ein eifersüchtiger Ehemann oder Liebhaber, der ihr die Ohrfeige verpasste. Der Marquise wird ein üppiges Schmerzensgeld zugesprochen, das sie aus Dank für die Rechtsberatung auf das Doppelte erhöht und mir zur Verfügung stellt. Hier endet mein Traum, dessen Fortsetzung im Jardin du Luxembourg spielt.

***

Die Figurengruppe, die ich beschreiben will, widerspricht der von Lessing aufgestellten Regel, wonach die Bildhauerkunst Körper im Raum und keine Handlungsabläufe darstellen soll, die auf der Bühne oder heutzutage im Film besser zur Geltung kommen. Der olivgrün verfärbte Bronzeabguss steht auf einem mit Krokussen bepflanzten Rondell in der Südostecke des Jardin du Luxembourg und stammt aus dem späten 19. Jahrhundert. Das Chaos der Bewegungen, der Wirrwarr ineinander verschlungener Körperteile von Mensch und Tier nimmt die Krise traditioneller Sehweisen vorweg und weist voraus auf die Explosion oder Implosion traditioneller Werte in der modernen Malerei, obwohl von Neubeginn nicht die Rede sein kann, eher von rückwärtsgewandtem Klassizismus: Sogar die Laokoon-Gruppe wirkt übersichtlich im Vergleich zu dem Menschenknäuel, das selbst ein Spezialist für Schifferknoten nicht aufdröseln könnte, und das Patentrezept Alexanders des Großen, den gordischen Knoten mit dem Schwert zu durchschlagen, hilft hier nicht weiter.

Am höchsten Punkt der Pyramide – wie Géricaults *Floß der Medusa* und Picassos *Guernica* hat die Bronzegruppe die Form einer sich verjüngenden Spirale aus Menschen- und Tierleibern –, am höchsten Punkt also schwebt, wie das Auge des Heiligen Geistes, der in den Nacken gelegte Kopf eines Silens, laut Hinweistafel ein Ziehvater des Bacchus, wobei ich das Wort *nourricier* irrtümlich auf Ammen bezog, ein männlicher Ziehvater also, der dem ihm anvertrauten Knaben statt Muttermilch Wein einflößt. Dazu passt der Ausdruck seliger Trunkenheit im Gesicht des Silens, umrahmt von einem flaumigen Backenbart, wie Nero ihn in Hollywoodfilmen trug, als er zu den Klängen seiner Lyra Rom in Flammen aufgehen ließ. Doch der Silen ist nackt und bedeckt seine Blöße mit einem Leopardenfell, das die Speckfalten seines Bauchs hervortreten lässt. Gleichzeitig hieven drei Männer und eine Frau, dem verzückten Gesichtsausdruck nach eine Mänade, den trunkenen Gott auf den Rücken eines Esels, was ihnen nur halb gelingt, der Silen macht sich schwer oder stellt sich tot wie ein Ertrinkender, der sich seinem Retter widersetzt: Der Esel macht einen Bocksprung, um den übergewichtigen Reiter abzuwerfen, seine Hinterbeine rudern durch die Luft, darüber der wedelnde Schwanz, der sonst zur Abwehr von Fliegen dient, und schnappt mit gebleckten Gebiss nach den Weintrauben, die ein fetter Knabe, Bacchus vielleicht, ängstlich an die Brust drückt, während eine von dem Esel überrannte Mänade, vermutlich die Mutter des Jungen, dem tobenden Tier in die Nüstern greift, um es daran zu hindern, den Jungen zu beißen, dessen älterer Bruder erfolglos den Esel zu bändigen versucht. Auf der Rückseite der Bronzegruppe reckt sich ein mit Lendenschurz bekleideter Greis und stützt mit seinen Schultern den Silen, um dessen Abgleiten vom Eselsrücken zu verhindern. Im Vordergrund, vom Betrachter aus rechts, greift ein bärtiger Mann dem Grautier in die Zügel, die unter Überdruck zerreißen, während der Esel den Freund oder Bruder des Mannes niederwirft, nur strampelnde Beine ragen aus dem Durcheinander hervor, das an eine Sexorgie erinnert oder an eine Kampfszene aus Homers *Ilias* – bei Licht betrachtet zwei Seiten derselben Sache. Noch rätselhafter ist ein umgekippter Korb, aus dem wie Hoden geformte Weintrauben quellen, die der Knabe zwischen den Schenkeln hervorpresst, so dass das Ganze auch eine Weinlese oder Kelter darstellen könnte, bei der Männer, Frauen und Kinder barfuß auf Bergen von Trauben herumtanzen. Was in der Beschreibung fehlt, ist der Lorbeerkranz des Silens und ein mit Weinlaub umkränzter Thyrsos, eine Art Zepter, das dem Gott aus der Hand geglitten ist.

***

Im Nachhinein wünsche ich mir, ich hätte nicht mehr gewusst als das, was ich die Figurengruppe umschreitend mit eigenen Augen sah. Aber ich hatte den Fehler gemacht, den Namen des Bildhauers ins Suchprogramm meines Computers einzugeben, und dadurch nicht nur meine Auslegung, sondern auch die Aura des Kunstwerks unwiderruflich zerstört.

Aimé-Jules Dalou kam 1838 in Paris zur Welt; seine Eltern

waren Calvinisten und Republikaner und stammten aus Gent. Das künstlerische Talent des Jungen trat früh zutage, und er schloss Freundschaft mit Auguste Rodin, der nach seinem Tod Dalous Porträt modellierte. Die Académie des Beaux-Arts verweigerte ihm den Prix de Rome; Dalou blieb ein Außenseiter und nahm aktiv am Aufstand der Pariser Kommune teil. Von Gustave Courbet zum Direktor der staatlichen Kunstsammlung ernannt, bezog er mit Frau und Kindern im Louvre Quartier, um das Museum vor Plünderern zu schützen. Nach der Niederschlagung des Aufstands floh Dalou nach London und wurde *in absentia* zu Zwangsarbeit und Verbannung verurteilt. 1889, auf der Weltausstellung in Philadelphia, lehnte er es ab, seine Arbeiten im französischen Pavillon zu zeigen, und verlangte eine vollständige Rehabilitierung durch die Regierung, die mehrere seiner Arbeiten erwarb. Nach Paris zurückgekehrt, schuf er monumentale Figurengruppen wie den *Triumph der Republik*, *Mirabeaus Antwort an den Abgesandten des Königs* und die *Apotheose des Arbeiters*, in Stil und Komposition an Rodins *Bürger von Calais* erinnernd, aber auch Büsten von Delacroix, Courbet und anderen ihm persönlich nahestehenden Künstlern.

Das Werk von Aimé-Jules Dalou, der eine debile Tochter hatte und ein Heim für geistig behinderte Kinder gründete, war auch ästhetisch progressiv. Bei oberflächlicher Betrachtung wirkt seine Bildsprache rückwärtsgewandt mit Blick auf die historischen, allegorischen und mythologischen Sujets seiner Kunst – in Wahrheit war sie unkonventionell, vorwärtsdrängend und zukunftsorientiert: Dalou löst die glatte Oberfläche der Skulptur auf in ein Meer wild bewegter Details, die wie Wrackteile in sturmgepeitschter See durcheinanderwogen, und nimmt so die Formzertrümmerung der Kubisten und Futuristen vorweg.

## Afghanisches Zwischenspiel

»Schreibst noch ein, zwei schöne Bücher«, sagte F., als er schwer atmend von ihr abließ – seit er mit Rhythmusstörungen in die Notaufnahme eingeliefert worden war: *Vorhofflimmern* war der Fachausdruck dafür – war nichts mehr so wie zuvor: »Schreibst noch ein, zwei schöne Bücher – dann hat sich das!« Der Satz traf ins Schwarze, und damit ist nicht der Mutterschoß gemeint, aus dem er einst ans Licht gekrochen war, sondern ein Materie in Antimaterie verwandelndes Loch im All, auf das er zuraste in sich beschleunigender Abwärtsspirale: *Down the drain*, wie man auf Englisch sagt. Wie stets hatte F. hatte recht, und ihr hessischer Akzent verstärkte das Niederschmetternde der Mitteilung, wonach seine Bücher – fünfzig Titel, Sammelbände nicht mitgezählt – alles Mögliche gewesen waren, aber nicht schön: klug oder klugscheißerisch vielleicht, aber nicht schön!

Auch der vorliegende Text, sagte er sich, während er ihren Büstenhalter zuhakte, sei nicht schön, und falls je ein Buch daraus würde, würde es ihren Schönheitssinn nicht befriedigen. *Jeder liefert jedem Qualität* lautete ein Propagandaslogan der untergegangenen DDR: *Wenn alle ziehn am gleichen Tau / erreichen wir das Weltniveau*: Die ostdeutsche Variante von: *I can't get no satisfaction.* Und er dachte daran, dass und wie Essen, Trinken und Fernsehen früher als Vorspiel gedient hatten für Sex, während es heute umgekehrt war, aber auch das stimmte so nicht.

***

Im Vorbeigehen hörte er das Wort Taliban, eine Frauenhand, an der ein Ring aufblitzte, zog ihn in den Schatten eines Torbogens, und nach oben blickend sah er, dass der Schlussstein, der das Gemäuer aufrecht hielt oder einstürzen ließ, sich genau über seinem Scheitel befand. Dabei fiel ihm ein, dass Talib auf Arabisch Schüler bedeutet, und Taliban kein Plural, sondern die Dualform ist: zwei Schüler also. Vielleicht war das der Grund, warum die Taliban stets zu zweit auftraten: Einer bedrohte den Fahrer mit entsicherter Kalaschnikow, während sein Kompagnon oder Komplize den Kofferraum durchsuchte und der Beifahrerin den Schleier vom Gesicht schob – eine Geste, die wortlos signalisierte, wer hier das Sagen hatte. Mit ihren dunkelblauen Turbanen und hennaroten Vollbärten wirkten die Talibankämpfer wie Folkloredarsteller aus einem Technicolorfilm: *Der Tiger von Eschnapur* vielleicht. Kein Wunder, dass die als aufmüpfig geltenden Bewohner von Kabul, die immer neue Eroberungswellen hatten kommen und gehen sehen, sich beklagten, der Unterschied zwischen Ordnungshütern und Banditen sei zur *quantité négligeable* geworden. Anders als bei Polizei und Armee des alten Regimes, die kampflos kapitulierten und mit Lastwagen und Jeeps Hals über Kopf flohen unter Zurücklassung ihrer Uniformen und schweren Geräts, war es nicht möglich, Vorgesetzte von Untergebenen zu unterscheiden, weil die Taliban weder Rangabzeichen noch Namensschilder trugen. Die militärisch korrekte Ansprache aber war unerlässlich für Reporter und Journalisten, sagte er sich, während er, an der Hand vorwärtsgezogen, ins Labyrinth der Kasbah eintauchte.

Aber gab es überhaupt noch eine Altstadt in Kabul? Was nicht den Bomben der Sowjets und später der US Air Force, dem Raketenbeschuss der Mudschahedin oder dem Vormarsch, Rückzug und erneuten Vormarsch der Taliban zum Opfer fiel, waren nur kümmerliche Reste der ringförmigen Bebauung rund um den Königspalast, wo einst Teppichweber, Barbiere, Bäcker und Metzger, nach Quartieren getrennt, ihre Gewerbe ausübten: Nicht erst der Krieg, schon eine 1949 erbaute Autostraße durch die Kasbah hatte den Lebensfaden der Altstadt zerschnitten. Inzwischen war Kabul zu achtzig Prozent zerstört, während die Einwohnerzahl von 700.000 auf drei Millionen hochschnellte. Wo einst Brunnen plätscherten, schattige Innenhöfe, Teestuben und Basare zum Verweilen einluden, wirbelten Windböen Sand auf, der das Atmen erschwerte, und Flüchtlinge aus dem Landesinnern nahmen leer stehende Häuser und Ruinen in Besitz.

Er durchschritt den engen Durchgang zwischen zwei Lehmhütten und trat auf einen mit Glasscherben gesprenkelten Platz, über den der Wind Plastikbeutel trieb, die sich in einer Stacheldrahtrolle verhakten; vielleicht war es auch ein Dornbusch, der, ohne Wurzeln zu schlagen, nach der Schneeschmelze aufblüht. Sich umwendend, sah er, dass er allein war. Die Frau oder das Kind, das ihn vorwärtsgezogen hatte, waren, als hätte es sie nie gegeben, vom Erdboden verschluckt. Nichts war zu sehen außer einem streunenden Hund, der mit eingekniffenem Schwanz um eine Hausecke schlich. Seine Überlebenschancen waren gering, und wie zur Bestätigung prasselte ein Steinhagel auf das Tier, das jaulend davonsprang.

Es war nicht sein erster Aufenthalt in Kabul – er hatte aufgehört zu zählen, wie oft er Afghanistan besucht hatte. Besucht war das falsche Wort, denn er war kein Orientreisender und auch kein Rucksacktourist, eher ein Rucksackreporter, unterwegs in Weltgegenden, die für Starjournalisten zu ungemütlich oder zu gefährlich waren. Das

Ganze war weniger eine Frage des Muts als ein Versicherungsproblem, und weil er keine Ansprüche stellte, übernahm er riskante Jobs, für die hochdotierte Redakteure sich zu schade waren. In letzter Zeit aber war es still geworden um ihn, da er auf die Rente zusteuerte und Sätze mit Subjekt, Prädikat und Objekt schrieb, die mehr als bloße Bildunterschriften waren: Schreiberlinge gab es wie Sand am Meer, Fotografen hingegen waren Mangelware und wurden besser bezahlt.

Der Pool freier Mitarbeiter, aus dem überregionale Zeitungen sich bei Bedarf bedienten, ähnelte einem Haifischbecken, und weil er der Dienstälteste war, wurde er von seinen Kollegen Ötzi genannt. Trotzdem überraschte es ihn, als eine Wochenzeitung anfragte, ob er bereit sei, mit einer Transportmaschine der Bundeswehr nach Kabul zu fliegen, um für deutsche Medien von dort zu berichten. Es war der letzte Transportflug, zusammen mit Diplomaten und Militärs wurden Mitarbeiter von Hilfsdiensten und Ortskräfte von dort abgezogen, und seine Antwort stand von vornherein fest: Die chaotische Übergangsphase von der Präsenz der Internationalen Gemeinschaft zur Herrschaft der Gotteskrieger interessierte ihn, und nach dem Weggang der Weltpresse würde er problemlos Abnehmer finden für seine Berichte.

Er wusste nicht, wessen Hand es war, die ihn durch einen Türvorhang in den Hausflur zog. Nein, Vorhang war zu hoch gegriffen, es war ein versiffter Teppich zur Abwehr von Sand und Staub, und dabei fiel ihm eine Redensart ein, die er seit Jahren nicht mehr gehört hatte: Habt ihr Säcke vor den Türen? Hier stimmte der dumme Spruch, und er folgte der verschleierten Gestalt, die auf leisen Sohlen, Gummilatschen vielleicht, die Treppe hochstieg und ihn in eine Art Empfangsraum führte. Zu seiner Überraschung

war er nicht allein, ein GI in gescheckter Tarnuniform saß auf einem Kissen am Boden und rückte beiseite, um ihm Platz zu machen, während eine mit Burka verschleierte Frau Tee servierte.
Ötzi hatte keine Ahnung, was er hier suchte und wo er sich befand. Am Vortag hatte er sich im Informationsministerium akkreditiert und auf Befragen erklärt, einen hochrangigen Talibanführer sprechen zu wollen, Dschihadi John oder Mullah Omar vielleicht, und der Pressesprecher Zabihullah Mudschahid konnte sich das Lächeln nicht verkneifen unter seinem sorgsam getrimmten Bart, denn beide waren schon lange tot. Vielleicht handelte es sich um eine Geiselnahme, und er war sehenden Auges in die Falle getappt: Wie ein Gefechtsstand sah das Haus in der Kasbah nicht aus, eher wie ein Drogendepot oder eine Opiumhöhle; auch der GI in Tarnuniform wirkte nicht gerade vertrauenerweckend.

***

Mein Name ist Jack, ich bin als erster GI im Oktober 2011 hier gelandet und werde der letzte sein, der Kabul verlässt: Schauen Sie genau hin, wenn ich in einem mit Nachtsichtkamera aufgenommenen, grünstichigen und verwackelten Film hinter einem Transportflugzeug herlaufe, von helfenden Händen emporgezogen, ehe die Heckklappe sich hinter mir schließt und die Maschine von der Rollbahn abhebt, an deren Fahrwerk sich Flüchtlinge klammern, die kurz darauf wie Steine vom Himmel fallen. Und denken Sie daran, dass Bilder lügen können, dass ich möglicherweise am Boden zurückgeblieben bin, um einer anderen Aufgabe nachzugehen an einem anderen Ort, im Pandschir-Tal vielleicht, wo ich ein Widerstandsnest aufbaue als rechte Hand von Massud *junior*, dem Sohn des legendären Mudschahedin-Führers, denn wir Special Forces und Navy Seals sind vielseitig verwendbar und werden immer, überall und zu allen Zeiten gebraucht.

Meine Freunde und Geliebten nannten mich Ruby – ich war fünfmal verheiratet und habe hundertmal so viele Frauen glücklich gemacht –, aber mein richtiger Name ist Porfirio Rubirosa, und ich bin das *real-life model*, also das Vorbild von Geheimagent 007 alias James Bond, der wie ich den Wodka-Martini lieber geschüttelt trinkt als gerührt, was dazu geführt hat, dass ich im Juli 1965 nach einer durchzechten Nacht meinen Ferrari gegen einen Baum im Bois de Boulogne lenkte, wo mein Duzfreund Aga Khan kurz darauf in ähnlicher Weise ums Leben kam. (Der Alkoholexperte Dr. Rotz behauptet, geschüttelte Cocktails seien bekömmlicher als gerührte und könnten ein Trinkerleben um Jahre verlängern – das nur in Klammern!)

Geboren wurde ich im Januar 1909 im zentralen Hochland der Dominikanischen Republik, nicht weit von der Grenze zu Haiti, und vielleicht ist das der Grund, warum Rubirosas genannte überdimensionale Pfeffermühlen, die sich aus dem Pariser Nobelrestaurant Maxim's nach Nord- und Südamerika verbreitet haben, dunkelbraun sind, obwohl meine Haut hell ist, und warum mein Schwiegervater Trujillo nach der Flüchtlingskonferenz von Évian, an der ich als Delegierter teilnahm, Veteranen des Spanienkriegs und deutsche Juden ins Land ließ, um die einheimische Bevölkerung »aufzunorden«, wie es offiziell hieß. Der Ruf legendärer Potenz eilte mir schon damals voraus: Auf Wunsch des Diktators hatte ich seine Tochter Flor de Oro geheiratet, und zur Belohnung schickte Trujillo mich als Sonderbotschafter zu den Olympischen Spielen nach Berlin, wo ich auf der Ehrentribüne unterhalb des Führers und Reichskanzlers Platz nahm, der mich kopfnickend begrüßte. Vorher musste ich Trujillo hoch und heilig versprechen, Flor de Oro treu zu bleiben, ein Gebot, bei dessen Übertretung ich Kopf und Kragen riskierte. Doch ich eile den Ereignissen voraus.

Ich wurde 56 Jahre alt, und nochmal so viel Zeit verging, bis ich, durch Schaden klug geworden, begriff, dass es zwar von Menschen gezüchtete Hunde- und Pferderassen gibt, aber keine Menschenrassen. Mithin wäre die Saga der schier unbegrenzten Potenz der Afrikaner, zu denen auch die Haitianer gehörten, ein von interessierter Seite gestreutes Gerücht! Auch Rafael Leónidas Trujillo Molina, wie mein Wohltäter mit vollem Namen hieß, stammte von Afrikanern ab, die als Erntehelfer die grüne Grenze zwischen Haiti und der Dominikanischen Republik überquerten, und vielleicht erklärt das, warum der Diktator, von Hitlers Judenhass inspiriert, 1937 17.000 Haitianer samt Frauen und Kindern abschlachten ließ, mich aber verschonte, obwohl ich seine Tochter nach Strich und Faden betrog. Was Seitensprünge betraf, war Trujillo kein Kostverächter, und als Außenminister Balaguer ihm empfahl, mich spurlos verschwinden zu lassen, soll er erwidert haben, das könne er Flor de Oro nicht antun: Ruby sei ein genialer Playboy, den er schmerzlich vermissen würde, weil er besser als Balaguer zu lügen verstehe.

Fakt ist, dass Trujillo mich zur Flüchtlingskonferenz nach Évian schickte, wo ich die Weltöffentlichkeit überraschte mit der Ankündigung, verfolgte Juden und Spanienkriegsveteranen in Santo Domingo willkommen zu heißen: Nicht aus Menschenfreundlichkeit – davon war Trujillo, der Hitler und Mussolini verehrte, weit entfernt –, sondern um abzulenken von Berichten nordamerikanischer Missionare, die das Abschlachten der Haitianer hautnah erlebt hatten, in der *New York Times*. Das Blatt wendete sich, und mein

Schwiegervater avancierte vom Paria der internationalen Gemeinschaft zum bewunderten Vorbild, dessen Beispiel US-Präsident Roosevelt bewog, die Grenzen für politisch Verfolgte vorübergehend zu öffnen. Spanische Republikaner und deutsche Juden dankten Trujillo für die noble Geste, und der ließ, sichtlich gerührt, seinen Namen in die Kanaldeckel der Hauptstadt gravieren, die fortan nicht mehr Santo Domingo, sondern Ciudad Trujillo hieß.

***

Bevor alles falsch wird, fange ich nochmal von vorn an. Meine Freunde nannten mich Ruby, nicht zu verwechseln mit Jack Ruby, dem Nachtclubinhaber in Dallas, der Lee Harvey Oswald erschoss, und ich schwöre an Eides statt, dass ich nichts zu tun hatte mit dem Kennedy-Mord, obwohl Oswalds Frau Marina in meinem Club auftrat und ich George de Mohrenschild kannte, den baltischen Adligen, der das Mannlicher-Präzisionsgewehr besorgte, mit dem Oswald Kennedy erschoss. Mein Name ist Porfirio Rubirosa, ich war und bin Spitzendiplomat, Formel-1-Rennfahrer, Golf- und Polospieler, Alpinist und Andinist, habe Eva Perón, Dolores del Rio, Ava Gardner, Rita Hayworth, Marilyn Monroe, Kim Novak und Romy Schneider verführt, um nur diese Namen zu nennen, ganz zu schweigen von Barbara Hutton, die mir 2,5 Millionen Dollar für die Scheidung hinblätterte: Schon damals war ich der prominenteste Playboy der westlichen Welt, der Gunter Sachs, dem schönen Konsul Weyer und dem Krupp-Erben Arndt von Bohlen und Halbach die Show stahl und alle drei alt aussehen ließ.

»Gestatten Sie eine Zwischenfrage, Verehrtester! Sie behaupten allen Ernstes, dass Sie am 7. Juli 1965 im Bois de Boulogne ums Leben kamen, als die Lenksäule Ihres Ferrari Ihnen den Brustkorb zerschmetterte, jetzt aber, fünfzig Jahre danach, sitzen Sie in alter Frische vor uns und scheinen sich bester Gesundheit zu erfreuen! Wie passt das zusammen?«

»Bewegung ist Leben, und nicht nur durch Tennis und Polospielen, auch mit Drachenfliegen, Wellenreiten und Wasserski halte ich mich fit – ich dachte, das hätte ich erwähnt. Das Geheimnis meiner Langlebigkeit aber ist meine sexuelle Aktivität, die ich nie an den Nagel gehängt oder *ad acta* gelegt habe. Schon mein Landsmann Cristobal Colón hielt die Karibik für den Quell der ewigen Jugend, als er am Nikolaustag des Jahres 1492 auf Hispaniola an Land ging. Hören Sie, wie enthusiastisch er die Flora der Insel beschreibt: ›Was die Schönheit der Natur betrifft, sagten sie, dass das schönste Land Kastiliens nicht damit verglichen werden könne. Der Boden sei überall bebaut, die Bäume grün und voller Früchte, die Pflanzen hoch und mit Blüten bedeckt. Die Wege seien breit und gut, das Klima wie im April in Kastilien, Nachtigallen und andere Vögel sängen wie in Spanien, und es sei der lieblichste Ort der Welt. Die Flüsse führen Goldkörner, nach denen niemand sich bückt, weil sie für Naturkinder wertlos sind‹.«

»Niemand bezweifelt Ihre Belesenheit, Verehrtester, aber die Auferstehung von den Toten ist starker Tobak, der schwer zu verkraften ist!«

Das Wort Auferstehung ist fehl am Platz, denn ich bin einfach nur untergetaucht, als der Boden mir zu heiß wurde und meine Ex-Ehefrauen Heere von Anwälten in Marsch setzten, um Millionenbeträge einzuklagen, um die ich sie bei der Scheidung geprellt hatte. Johnny Weissmüller, der Olympiasieger, Schwimmweltmeister und Tarzan-Darsteller, hatte mir beigebracht, wie man abtaucht, ohne Spuren zu hinterlassen, und bei Dreharbeiten für den Spielfilm *Das*

*Monster vom Amazonas* ließ ich mich ins Wasser gleiten, aus dem nur ein paar Luftblasen stiegen, während ich, von der Strömung getrieben, zur Mündung des Flusses und von dort mit dem Golfstrom ins Meer hinausschwamm. Unterwegs machte ich einer Delphindame den Hof, die Piranhas und Krokodile, Kraken und Haie auf Distanz hielt und mich mit ihrer rosa Schnauze an die Luft beförderte, wenn ich erschöpft unter Wasser sank. Und ich war rechtzeitig an Ort und Stelle zu meiner Beisetzung am Friedhof Père Lachaise, wo meine Witwen sich weinend in die Arme fielen, während Rosen auf meinen Sarg rieselten und ein Pariser Gericht mich von allen Ansprüchen freisprach. Meine Anwälte hatten gute Arbeit geleistet, und obwohl die Polizei meinen Ferrari konfiszierte, fand sie nicht heraus, wer vor dem Unfall die Lenksäule durchgesägt hatte.
Kennen Sie mein Buch *How to get lost und never come back*? Nein, macht nichts, Schwamm drüber, denn auch ich misstraue allem Gedruckten, besonders wenn es sich um Ratgeberliteratur handelt, und folge lieber dem Bauchgefühl, das mich zum Wasser zieht, lateinisch *aqua*, dessen Silberglanz den Mond widerspiegelt, während ringsum Grillen zirpen. Hörst du das Grillenkonzert? Ja, log ich, um mir keine Blöße zu geben, denn ich war schwerhörig geworden, weil ich zu tief getaucht war. Schwerhörig, aber nicht begriffsstutzig, und als gelernter Froschmann meldete ich mich zu den *Navy Seals*, einer Spezialeinheit der *Special Forces*, die vielseitig verwendbar ist im Wasser wie an Land und auf Russisch *spetsnats*, neuerdings aber *Gruppe Wagner* heißt.
»Alles, was Sie zu Ihrer Entlastung vorbringen, ist erstunken und erlogen, und wir glauben Ihnen kein Wort, weil Ihre Lebensbeichte jedweder Chronologie widerspricht. Habe ich richtig gezählt, wären Sie über hundert Jahre alt!«

»Hüten Sie Ihre Zunge – wir werden rund um die Uhr gefilmt und beobachtet! Wir sind Gefangene!«
»Das ist ein Titel von Werner Bergengruen«, sagte ein bebrilltes Männchen, dessen Anwesenheit ich erst jetzt bemerkte, weil ich es mit einem Garderobenständer verwechselt hatte: »Sumpfblüten der inneren Emigration, deren Exponenten in der NS-Zeit nach Italien flohen, um die Allianz von Kirche und Staat durch Nadelstiche zu stören wie in Reinhold Schneiders *Las Casas vor Karl V.* oder Rudolf Borchardts *Vereinigung durch den Feind hindurch.*«
»Und wer sind *Sie*, wenn man fragen darf?«
»Mein Name ist Dr. Dingsda, und ich bin ein Dichter aus Österreich. Schon im ersten Afghanistankrieg geriet ich in Geiselhaft, und seitdem warte ich vergeblich auf meine Freilassung. Weder der internationale PEN noch die Regierung in Wien sind bereit, das geforderte Lösegeld zu zahlen.«
Er summte leise eine Melodie.
»War das der Chor der Gefangenen aus Beethovens *Fidelio*?«
»Nein, es ist Mozarts *Entführung aus dem Serail.*«
»Hört, hört!«

## Dr. Dingsda reist nach China

*Closer to distance is nearer to civilisation*: So lautete die englische Übersetzung eines chinesisch beschrifteten Schilds in der öffentlichen Toilette von Badaling, dem Ausgangspunkt für Besichtigungen der Großen Mauer nördlich von Peking. Dabei handelt es sich nicht um obszöne Graffiti, die in China eher selten sind, sondern um die Aufforderung, näher ans Urinal heranzutreten, was angesichts des Zustroms der Touristen, die hier ihr Wasser abschlagen, doppelt geboten ist: Tritt näher, er ist kürzer als du denkst, wäre die politisch unkorrekte Übersetzung dafür. *Management between* – diese rätselhafte Aufschrift war an der Tür eines Abstellraums mit Putzeimern, Schrubbern und Klopapierrollen zu lesen, und der noch rätselhaftere Slogan *For activities only* ergänzte die Hinweise zur hygienisch korrekten Toilettenbenutzung.

Ein Professor aus Österreich – nennen wir ihn Dr. Dingsda – betrat das Herrenklo und sprach hinter verschlossener Tür mit einem deutschen Schriftsteller, der, um dem Gestank zu entgehen, in den *edible water room* floh – so hieß der Vorraum der Toilette auf Chinglisch. »Es stinkt grässlich«, sagte Dr. Dingsda, und zu seinem Erstaunen antwortete eine Stimme, die anders klang als die des Schriftstellers, auf Deutsch: »Sie haben recht, der Gestank ist schlimm!« – »Wer sind Sie«, rief Dr. Dingsda, »und wieso sprechen Sie Deutsch?« Die Wasserspülung rauschte, und ein Typ mit Pelzmütze, wattierter Jacke und knittriger Haut trat aus dem Klosett und sagte: »Ich bin Mongole und habe lange in Düsseldorf gelebt.« – »Sind Sie Professor oder Student?« – »Weder noch.« – »Und was haben Sie in Düsseldorf gemacht?« – »Dasselbe wie hier. Ich repariere Toilettenspülungen.« Dr. Dingsda kam aus dem Staunen nicht heraus, denn chinesische Professoren konnten keine Fremdsprachen, aber der Klempner im *edible water room* sprach fließend Deutsch. Doch ich will die Geschichte von Anfang an erzählen, so wie sie sich wirklich zugetragen hat.

***

Mein Name ist Dr. Dingsda, und ich bin Toilettenforscher von Beruf, vergleichender Toilettenforscher genauer gesagt: Ich vergleiche die tadschikische mit der usbekischen Toilette, den deutschen Donnerbalken, benannt nach dem germanischen Donnergott Thor, mit dem französischen Urinoir, das russische Plumpsklo und den türkischen Abtritt sowie Mischformen beider, wie sie in Zentralasien von Bischkek und Duschanbe bis Urumqi und Ulan Bator anzutreffen sind – ganz zu schweigen von der chinesischen Latrine und dem japanischen WC, das, wie nicht anders zu erwarten, geruchsfrei und blitzsauber ist. Von Hause aus bin ich Wiesnforscher, und meine vergleichende Studie über den Wiener Prater und das Münchner Oktoberfest wurde in alle Weltsprachen übersetzt, weil heute überall auf der Welt Oktoberfeste gefeiert werden, im Rooftop-Bierkeller auf dem Dachgarten des Marco-Polo-Hotels in Singapur zum Beispiel. Bei Recherchen zum Oktoberfest, das in Asien als deutscher Nationalfeiertag gilt, stieß ich auf ein Problem, das mit dem Ruf »o'zapft is« nicht zu lösen ist – das Toilettenproblem, genauer gesagt die Frage: Wohin mit dem zu Urin geronnenen Bier, den festen und flüssigen Ausscheidungen und dem Erbrochenen? *»Liquide oui, solide non«* – dieser Slogan, den ich auf einer Toilette in Haiti las, half hier nicht weiter, denn die Wiesnwirte sind zur Entsorgung der Exkremente verpflichtet, und nur wo Blasen und Därme regelmäßig geleert werden, brummt das Geschäft – im wahrsten Sinne des Worts. Als erfolgreicher Sachbuchautor bin ich stets auf der Suche nach neuen Themen, genauer gesagt nach Sachen, die noch nicht historisch verortet, wissenschaftlich analysiert und journalistisch abgehandelt oder abgehakt worden sind, und so wandte ich mich von der Oktoberfestforschung der Toilettenforschung zu, einem weißen oder vielmehr dunklen Fleck auf der Landkarte, den nur ein paar wagemutige Pioniere erkundet haben. Vergleichen bedeutet nicht gleichsetzen, und von dieser zielführenden Idee inspiriert, suchte ich nach dem Gemeinsamen und dem Trennenden zwischen der europäischen und der asiatischen Toilette, ganz zu schweigen von der afrikanischen, die aus einer Uferböschung, einem Sandstrand oder einem Erdloch besteht. Anders ausgedrückt: Ich frage mich, ob der Siegeszug des in frühen Hochkulturen erfundenen Wasserklosetts, das sich entlang der Karawanenwege über Eurasien verbreitete, Frieden oder Unfrieden gestiftet und zum Fortschritt der Humanität beigetragen hat oder nicht. Die Antwort lautet JEIN, denn die Konflikte in Lokichogio, dem größten Flüchtlingslager der Welt, wo humanitäre Helfer aus Europa und Amerika, dem Nahen und dem Fernen Osten auf engstem Raum zusammengepfercht hausen mit Flüchtlingen und internen Vertriebenen aus Ost- und Zentralafrika, führten drastisch vor Augen, dass der Streit um politisch korrekte Toilettenbenutzung weder durch Appelle an die Vernunft noch durch Schiedssprüche zu schlichten war. Im Gegenteil, die Querelen zwischen Afrikanern, die sich mit Blättern und Steinen, und Indern, die sich mit der Hand den Arsch abwischen, Afrikanerinnen, die im Stehen, und Arabern, die im Sitzen pinkeln, sowie Nepalesen, die auf die Klodeckel klettern, um hockend zu scheißen – eskalierten zu handgreiflichen Auseinandersetzungen, die von den als Bewacher der Latrine eingesetzten Blauhelmsoldaten mit Schüssen in die Luft beendet wurden.

***

*Der Ostfriseur kann schon die Westfrisur*: Mit diesem emphatischen Ausruf begrüßte ich die an der ungarischen Grenze erfolgte Öffnung des Eisernen Vorhangs, obwohl ich kein Poet, sondern nur Prosaautor bin. Trotzdem wurde mein Gedicht in zahlreichen Anthologien nachgedruckt und verbreitete meinen Ruhm als Lyriker um die halbe Welt, während mein Roman *Der Sessel des Besessenen* bisher ungedruckt blieb. Diesem Gedicht, das ich in englischer und chinesischer Übersetzung nach Hongkong schickte, verdanke ich die Einladung zum International Writer's Workshop der dortigen Universität, wobei ein Begleitbrief, in dem ich mich als Mitteleuropäer outete, den Ausschlag gab: Die Baptistenuniversität lud Dichter aus Skandinavien und Zentraleuropa nach Hongkong ein, und meine Bewerbung wurde von einer hochkarätigen Jury unter Vorsitz von Jimmy Carter geprüft und für gut befunden, obwohl oder weil ich das Gegenteil eines Brüsseler EU-Funktionärs bin. Ich stamme aus dem Grenzgebiet zwischen Slowenien und Österreich und bin Kärntner von Hause aus, doch mein Name ist tschechischen Ursprungs, und vielleicht erklärt das meine Vorliebe für die slawische Toilettenkultur. Als Reaktion auf den Kalten Krieg habe ich für Mitteleuropa optiert, ein Europa der Regionen, in dem Wien die erste Geige spielt. Wann und wo immer ich das Wort Austria höre, wird mir warm ums Herz, doch die Frage meiner nationalen und kulturellen Identität wird dadurch kompliziert, dass ich seit 25 Jahren an der Universität von San

Diego unterrichte und kalifornischen Studenten Europas Kultur nahezubringen versuche – vergeblich, weil Amerikaner kulturlos sind und den Unterschied zwischen einem gotischen Dom und einer romanischen Kirche nicht begreifen, wohl aber den zwischen hellem und dunklem Bier, süßem oder scharfem Senf. Die Universitätsleitung hat deshalb die Gotik vom Lehrplan gestrichen – nur *gothic novels* werden weiterhin behandelt – und das Oktoberfest aufs Curriculum gesetzt, und meine mit Weißwurst- und Bierverkostung verbundenen Seminare fanden so viel Anklang, dass der Dekan mich von allen sonstigen Aufgaben entband: Im Wintersemester leite ich die Außenstelle der Universität in Florenz, im Frühjahr ihr Büro in Paris, wo ich der europäischen Kultur näher bin als in Kalifornien, und nur zum Unterzeichnen der Steuererklärung finde ich mich in San Diego ein, doch selbst das wird heute elektronisch erledigt oder – wie es im Newspeak heißt – emailliert.
Diesen Ausdruck habe ich kürzlich im Englischen Garten in München gehört, und da ich stets auf der Suche nach frischem Klopapier und neuen Wörtern bin, habe ich ihn *stante pede*, wie der Lateiner sagt, ins Ringbuch notiert.

***

Der Flug nach Hongkong verlief ohne Zwischenfälle, abgesehen von meinem Nachbarn zur Rechten, der sich Zoll um Zoll vorarbeitete, bis sein im Anorak (ein Wort aus der Inuitsprache!) steckender Ellbogen die gesamte Armlehne einnahm, eine Invasion meiner Intimsphäre, die ich stillschweigend duldete, weil ich nicht auf Revierkämpfe versessen bin.
»Führen Sie mehr als zehntausend Euro, Erdproben oder Baumrinde mit sich«, sagte die Zollbeamtin, »oder haben Sie in letzter Zeit eine Geflügelfarm besucht?« Es war zu

spät, die Frage mit JA zu beantworten, denn ich hatte den Fieberdetektor schon durchschritten, der automatisch die Körpertemperatur der ankommenden Passagiere maß – oder war es ein Lügendetektor? Nur meine pochenden Schläfen und ein Ziehen in der Stirn wiesen darauf hin, dass ich einen Virus in mir trug: Keine Schweine- oder Vogelgrippe, sondern eine Erkältung, verursacht durch trockene Luft im Flugzeug, das trotz oder wegen der ständigen Desinfektion gefährliche Keime ausbrütete – H1N1, HIV und wie die Molekülketten hießen, die nicht mit Kühlketten zu verwechseln sind.

Ein Universitätsmitarbeiter erwartete mich, wedelnd mit einem Computerausdruck, auf dem mein Name geschrieben stand, und ich machte ihn darauf aufmerksam, dass ich nicht Dr. Dingsda, sondern Professor Dingsda bin, ein Ehrentitel, den der Landeshauptmann von Kärnten mir in Anerkennung meiner Verdienste verliehen hat. Mein Abholer hieß Ken oder Kent und studierte Astronomie oder Astrologie: Genaueres war nicht zu verstehen, weil er Vokale und Konsonanten zu einem zähflüssigen Brei vermengte, bei dem nicht klar war, ob es sich um einen Sprachfehler oder südchinesischen Dialekt handelte, Kantonesisch vielleicht, das anders als Mandarin nicht bloß vier, sondern neun Töne hat. Soviel wusste ich, aber hier endete meine Sprachkenntnis, und Allerweltsworte wie Xexe und Ni-hau, mit denen ich es probierte, vermochten Ken oder Kent kein Zeichen des Wiedererkennens zu entlocken. Ich gab den Kommunikationsversuch auf und erfreute mich an der Landschaft, die wie ein zu schnell laufender Film vor dem Wagenfenster vorbeirollte: Bewaldete Berge und Buchten, überwölbt von Stahlbrücken, die unter den Rädern des Taxis vibrierten, grüne Inseln im Meer, das Luftkissenschiffe und Fähren durchfurchten, Containerhäfen mit vor

Anker liegenden Frachtern, zwischen denen Fischerkähne, Dschunken und Küstenwachboote hin und her flitzten, und hypermoderne Hochhäuser, eine spektakuläre Skyline, überstrahlt von Leuchtreklamen, einem Dschungel von Markennamen, der aus ostasiatischer Sicht weniger Amerika oder Europa als vielmehr die westliche Zivilisation verkörpert: nicht Dante und Darwin, Shakespeare und Goethe, sondern Adidas, Allianz, Benetton, BMW, Burger King, Coca Cola, Daimler, Esprit, Gap, H & M, Ikea, Joop, Kentucky Fried Chicken, McDonald's, Nike, Nokia, Puma, Toyota, Vodafone, Zara oder wie die Herrscher der Welt heute heißen.

Wenn Chinesen sich unsicher fühlen, lächeln sie, und Ken oder Kent bekam einen hysterischen Lachanfall, als ich den Wunsch äußerte, das Hotelzimmer zu wechseln, denn Sonderwünsche sind nicht vorgesehen in der konfuzianischen Kultur, die auf der Unterordnung der Kinder unter die Eltern, der Frau unter den Mann und der Bürger unter den Staat beruht. Doch da ich der Ältere war, nahm er den Regelverstoß in Kauf und übermittelte meine Bitte an die Rezeption, die mir ein Zimmer mit Panoramafenster zuwies statt eines nach hinten gelegenen Kabuffs mit Blick auf eine von Büschen bewachsene Bergflanke – Sekundärvegetation, wie mir schien, denn im Zweiten Weltkrieg hatten die Japaner den Nebelwald abgeholzt. Das im elften Stock gelegene Hotelzimmer war kalt wie eine Tiefkühltruhe; die Klimaanlage lief auf Hochtouren und heizte mit ihrer Abwärme den Canyon zwischen zwei Hochhäusern auf, in den aus niedrig ziehenden Wolken warmer Regen fiel. Die Außentemperatur lag bei 32, die Temperatur im Hotelzimmer bei gefühlten 16 Grad; mit triefender Nase, schwitzend und frierend zugleich, rüttelte ich an der Fensterverriegelung und sah durch einen Tränenschleier, der

vielleicht ein Regenvorhang war, die auf dem Kopf stehende Silhouette eines futuristischen Wolkenkratzers, der sich in Glasfassaden und/oder im Wasser spiegelte. *Just walking in the rain*, der Song von Johnny Ray, ein Ohrwurm und Evergreen zugleich, drehte sich wie ein Mühlrad in meinem Kopf, als das Telefon klingelte. Und passend zur Hitparade von 1957, die Paul Anka angeführt hatte – erst später kamen Elvis und Little Richard dazu – meldete sich Diana, die Sekretärin des Writer's Workshop, und wollte wissen, ob ich gut in Hongkong gelandet sei.
»Dank für die Nachfrage«, hörte ich mich sagen. »Hätte ich gewusst, dass es regnet, wäre ich in Europa geblieben.« Am Telefon entstand eine Pause von zwei oder drei Schrecksekunden, in denen ich begriff, dass ich einen Fauxpas begangen hatte, weil Ironie unübersetzbar ist. Erst der Kontext verleiht einem Text seinen Sinn, und was Europäer komisch finden, ist für Chinesen ein Buch mit sieben Siegeln. »Sie meinen den Monsun«, sagte Diana, als sie die Sprache wiederfand, »die Erderwärmung bringt das Wetter durcheinander – weltweit, nicht nur in Hongkong.« Ich hörte nur mit halbem Ohr zu, denn das Lied von Johnny Ray stieg aus dem trüben Teich der Erinnerung hoch und dehnte sich wie eine Luftblase, in deren buntschillernder Haut ich meine Jugend gespiegelt sah, bevor sie lautlos zerplatzte mit Bluejeans Pettycoats Paul Anka Johnny Ray Little Richard Bill Haley Elvis Presley The Platters und meinem ersten Kuss: *Just walkin' in the rain / getting soaking wet / torturing my heart / trying to forget / Just walkin' in the rain / so alone and blue / all because my heart / still remembers you …*
Der Regen hörte auf, und statt den Koffer auszupacken, machte ich mich auf die Suche nach dem in der Nähe des Hotels gelegenen Park, dessen Existenz Ken oder Kent mit

einer vagen Bewegung angedeutet hatte. Ein Bauarbeiter, der mit seinem grauen Bart aussah wie ein Dorfältester aus den Stammesgebieten Afghanistans, ein Mitglied der Loja Dschirga vielleicht, stoppte mit roter Kelle einen Schwertransporter, auf dessen Ladefläche sich eine Zementmischmaschine drehte, und wies mir den Weg zu einem Schulhof, aus dem das Signal zur großen Pause schallte, ein dreifacher Gong, wie ich ihn seit meiner Schulzeit am Nikolaus-Cusanus-Gymnasium nicht mehr gehört hatte. Ich stieg eine verwinkelte Treppe hoch, vorbei an einem Jogger, der, als warte er darauf, Wurzeln zu schlagen, still stand vor einem Baumstamm, versunken in zen-buddhistischer Meditation, und als ich mich auf halber Höhe umwandte, sah ich Schüler in blauen Schuluniformen über den Schulhof rennen und las aus den Augenwinkeln heraus eine Hinweistafel, auf der von *slope maintenance*, Instandhaltung der Hänge, die Rede war: ein Wort, das ich nie zuvor gehört hatte und das mich an Schlopp erinnerte – so hießen als Spione dienende Kinder im Reich der Roten Khmer, die, unter dem Bett versteckt, die Gespräche der Eltern belauschten.

Ein Kolibri flatterte vorbei, der sich bei näherem Hinsehen als Schmetterling entpuppte und mit bebenden Fühlern eine gelbe Blüte abtastete – vielleicht war es der Kelch einer Orchidee. Es fing wieder an zu regnen, und ich nahm unter dem geschwungenen Dach eines Teepavillons Platz, vis-à-vis der Toilette des Parks, in der Schüler in Schuluniformen verschwanden und nach kurzer Zeit mit glänzenden Augen wieder zum Vorschein kamen. Das war verdächtig, und ich nahm mir vor, der Sache auf den Grund zu gehen, aber statt vor einem von Wegwerfspritzen und gebrauchten Kondomen übervollen Mülleimer stand ich vor einem Waschbecken mit Spiegel und einem zweisprachig beschrifteten

Schild, das Benutzern mitteilte, dass Filmen und Fotografieren in der Toilette verboten war – ein seltsames Verbot, dem ein ebensolches Bedürfnis zu entsprechen schien. Ich hatte gehört, dass chinesische Teenager sich beim Sex filmten, aber dass sie einander auf Toiletten fotografierten, war mir neu – zu schweigen von der Frage, ob es sich um Jugendsünden handelte oder um ein fernöstliches Ritual? Ich verschob die Klärung des Sachverhalts auf später und lief durch lauwarmen Sprühregen zum Hotel zurück.

***

In diesem Herbst hatte der Monsun sich verspätet, und Johnny Rays Song nahm den Charakter einer sich selbst erfüllenden Prophezeiung an. Das Regenwetter wurde zum Dauerzustand, ein lautloses Rieseln, das Hosenbeine, Sohlen und Socken durchnässte und meine ohnehin gedrückte Stimmung auf den Tiefpunkt sinken ließ. Der Regen brachte nicht die ersehnte Kühlung, es war feuchtheiß wie in einer Sauna, das Hemd klebte an der Haut, und nasse Haarsträhnen hingen mir in die Stirn, während ich durch überschwemmte Straßen trottete, Pfützen weiträumig umging und zu Bächen anschwellende Rinnsale, die gurgelnd von den Bergen strömten, hüpfend durchquerte mit gerafftem Mantelsaum. Zum Glück standen und lagen an jeder Ecke Schirme mit dem Logo der Universität herum und boten Schutz vor den Unbilden der Witterung, die Schirme standen allen zur Verfügung und kosteten nichts, und dieser Gedanke tröstete mich zusammen mit einem Übungssatz, den ich 45 Jahre zuvor in einem Schwedisch-Lehrgang gelernt hatte und seitdem auswendig konnte: *Det regnade mycket, men som väl var, hade han inte glömt galoscherna hemma* – es regnete stark, aber zum Glück hatte er die Galoschen nicht zu Hause vergessen. Der Satz passte nicht nur zum Wetter in Hongkong, er war perfekt zugeschnitten auf die am Vorabend eingetroffene Dichterin, die ihr Haus an einem norwegischen Fjord verlassen hatte – in Wirklichkeit war es eine Holzhütte, aber das wusste ich damals noch nicht –, um mit Autoren aus Nord- und Zentraleuropa einen Writer's Workshop im fernen China zu besuchen. »Brit from picture island« – so nannte sich die Dichterin, die mit Nachnamen Bildöet, also Bilderinsel, hieß und aussah wie Liv Ullmann in einem frühen Ingmar-Bergman-Film. Brit war mit der Tochter von Liv Ullmann befreundet und hatte ihr geholfen, das alte Landhaus, in dem der Maestro seine Filmszenarien ersann, in einen Stipendienort für junge Autoren, Künstler und Filmemacher umzuwandeln, wie sie mir im Gespräch anvertraute. Sie war blond und schön, und es war weniger ihr üppiger Busen als ihr aufrechter Gang, ihre kerzengerade Haltung, die männliche Blicke auf sich zog – eine spät blühende Rose, die durch einen schmerzlichen Zug um den Mund, Wehmut und Entsagung andeutend, noch attraktiver wurde, besonders wenn sie, was öfter vorkam, ein Glas Rotwein zum Mund führte. *Diese schöne Rose ist eine rote Rose* – diesen absurd klingenden Beispielsatz aus den *Principia Mathematica* von Bertrand Russel hatte ich vor Jahrzehnten zum Ausgangspunkt eines Gedichts gemacht, das auf Chinesisch übersetzt im Internet kursierte, und die Verszeile passte auf Brit, die aus meiner Sicht ein vom Himmel herabgestiegener Engel, eine nordische Prinzessin oder eine Hofdame der Königin war. Ich kann es nicht länger für mich behalten: Ich war in Brit verliebt, und es war – der geneigte Leser weiß es schon, zu schweigen von den Leserinnen – Liebe auf den ersten Blick.

Der harmlos klingende Satz ist nicht so unschuldig, wie er klingt, denn ich bin aus dem Alter heraus, in dem man

sich Hals über Kopf verliebt, und schulde mir selbst eine Erklärung dafür, wie das passieren konnte und warum die Geschichte, die ich erzählen will, in Kitsch abgleitet, noch bevor sie richtig in Gang kommt.
Ich ertappte mich dabei, wie ich um Brit herumlief und ihr im Geist über den Rücken strich, die Schultern scannend auf der Suche nach Engelsflügeln, die ich dort vermutete: Keine Kondor- oder Adlerschwingen, wie sie auf Werbepostern für Paketdienste oder Flugreisen zu sehen sind – nein: Höhen- und Seitenruder aus federleichtem Flaum, die Engeln dazu dienen, in den Himmel zu entschweben und sicher wieder auf der Erde zu landen – zwei kaum sichtbare Erhebungen, wie sie Luzifer, dem gefallenen Engel, aus der Stirn sprießen.
Kaum spricht man vom Gottseibeiuns, ist er auch schon zur Stelle, und ich staunte nicht schlecht, als ich mich umwandte und Satan alias Mephisto ins Auge sah, einer dänischen Schriftstellerin, die am Vortag aus Kopenhagen eingeflogen war und unvermittelt von Toiletten zu sprechen begann, von indischen Toiletten, pakistanischen Toiletten und Toiletten in Bangladesch, das sie kürzlich bereist hatte, wobei sie mich mit glühenden Blicken fixierte, denn anders als der eiskalte Engel aus Norwegen, das blonde Christkind vom Polarkreis, handelte es sich um eine schwarzhaarige Sünderin, die kein Blatt vor den Mund nahm. Während sie den Unterschied zwischen einer pakistanischen Pissrinne und einer Jauchegrube in Bangladesch beschrieb und die entsprechenden Körperausscheidungen Revue passieren ließ, taxierte sie mich, um die Wirkung des Gesagten zu testen, und stellte mit Befriedigung fest, dass mein Blick nicht länger auf Brit ruhte, die mit gespielter Unschuld dem Gespräch folgte. »Mhm«, murmelte Brit, während Mathilde, so hieß die Dänin, von einer Unberühr-

baren erzählte, die barfuß in einer sich vergrößernden Urinpfütze hockte, aus der sie sich, eine feuchte Spur hinterlassend, wieder entfernte, »mhm« und nochmals »mhm«. Brit wahrte heilsame Distanz, während ich zugeben muss, dass ich mich, wider Willen fasziniert, am Ariadnefaden perverser Details ins Labyrinth von Mathildes höllischer Phantasie locken ließ. Das war nur das Vorspiel, denn der Krieg zwischen Licht und Finsternis, das Ringen zwischen Engel und Teufel, von dem hier die Rede ist, hatte noch gar nicht begonnen.

»Ha!«, rief Mathilde Davidson, wie die Dänin mit vollem Namen hieß: »Das ist noch nicht alles, denn kaum hatte die Unberührbare sich verzogen, trat ein Bettler an mich heran, der mich mit Blicken verschlang – so!« Und sie rollte so melodramatisch mit den Augen, dass ich eine Gänsehaut bekam. »Der Bettler war nackt und mit schwärenden Wunden übersät, der bis zu den Knien herabhängende Bart war sein einziges Kleidungsstück. Was sagen Sie dazu?« – »Mhm«, seufzte Brit und zog eine als Zimmerschlüssel dienende Plastikkarte aus der Tasche der Jeansjacke, die ihren Busen umschloss: »Ehrlich gesagt, fällt mir nichts dazu ein!« – »I know what you are talking about«, sagte ein belorussischer Dichter, der, an Depressionen leidend, sonst nie ein Wort sprach, und eine finnische Krimiautorin mit um die Waden schlotternden Shorts mischte sich ein, während sie einen Beutel voll schmutziger Wäsche der Rezeption übergab: »We have the same problem in my fucking country!«

***

*May I ask you a flavor* – darf ich Sie um ein Aroma bitten, so lautete die Kennzeile der E-Mail, mit der Diana Au, die Sekretärin der Schreibwerkstatt und Assistentin der Dekanin, Frau Professor Qing, einer prominenten Dichterin, die Gäste aus Europa willkommen hieß. Die Verwechslung von *favor* mit *flavor*, Gefallen mit Geschmack, war nur einer der Schnitzer, die Dr. Dingsda Kopfweh verursachten und an seinem eigenen Verstand zweifeln ließen: Das Ganze hatte System, weil es sich nicht um Übersetzungsfehler handelte, sondern um sprachliche Ungereimtheiten, die ein philosophisches Problem offenbarten: einen Mangel oder ein Übermaß an Logik, das auf ein Defizit der Sprache verwies: ein Defizit *jeder* Sprache – nicht nur der deutschen oder chinesischen. Und es dauerte lange, bis Dr. Dingsda den rätselhaften Slogan verstand, den er an der Tür zur Herrentoilette in Dschuhai gelesen hatte: *for activities only* bezog sich weder auf das, was die Benutzer zur Toilette trieb, noch darauf, was sie dort trieben, sondern auf Veranstaltungen in der angrenzenden Aula, auch Audimax genannt. Und die Inschrift *warm prompt* auf den Zinnen der Chinesischen Mauer war keine Aufforderung zu Lockerungsübungen, sondern die durch Schreibfehler (M statt N) entstellte Übersetzung eines Warnhinweises, der mit den Worten *don't jump* endete.

Diana Au erläuterte Dr. Dingsda diese Feinheiten, während die beiden Skandinavierinnen wie Schulmädchen hinter vorgehaltener Hand kicherten, und es war nicht ganz klar, ob sie sich über sprachliche Missverständnisse amüsierten oder über Dingsda, der sein Notizbuch zu Hilfe nahm, um zu demonstrieren, warum die Chinesische Mauer von ihren Erbauern falsch konstruiert worden sei. Der Emperor of China, meinte er, hätte sich Kaiser Franz Joseph zum Vorbild nehmen sollen, denn der habe ein für alle Mal festgelegt, wie eine solide gebaute Mauer auszusehen hat: waagerecht, nicht krumm und schief wie die Chinesische Mauer, die sich wellenförmig durch Berge und Täler schlängle – schon der bloße Anblick verursache Übelkeit. Und er nannte als Beispiel ausgerechnet die Berliner Mauer, die nicht Kaiser Franz Joseph, sondern Walter Ulbricht mit Erich Honecker als Bauleiter errichten ließ.

***

»Mhm«, hatte Brit gesagt, als Dr. Dingsda ihr darlegte, *wie* er sich die Lösung des Problems vorstellte: »Mhm« und nochmal »mhm« – was immer das hieß. Das Problem bestand darin, dass er in zwei Frauen gleichzeitig verliebt war, und als Lösung schwebte ihm vor, dass beide es vor seinen Augen miteinander treiben sollten, wobei er nur passiver Zuschauer sein wollte, ohne sich in das Geschehen einzumischen. Die Frage war, ob »mhm« *ja* bedeutete oder *nein* oder *jein* – die Antwort darauf würde sich irgendwann von selbst ergeben, und um auf andere Gedanken zu kommen, fuhr Dr. Dingsda nach Macao. Er liebte Spielcasinos, aber er spielte nicht, um zu gewinnen, sondern um zu verlieren, weil Geldgewinne sein Gewissen belasteten, während er sich mit leerem Portemonnaie leicht und frei fühlte, und um schneller vor Ort zu sein, nahm er ein Luftkissenboot, das ihn pünktlich in Macao absetzte. Am Tag zuvor hatte die aus Hongkong kommende Fähre beim Einlaufen den Pier gestreift und einen Stahlträger gerammt, zwei auf der Gangway stehende Passagiere wurden beim Bremsmanöver verletzt, diesmal aber gab es eine weiche Landung, und Dr. Dingsda reihte sich unter am VIP-Schalter wartende Diplomaten ein, die schneller abgefertigt wurden als normale Touristen, und stieg in einen klimatisierten Bus, der ihn gratis zum Mandarin-Hotel beförderte. An dem mit Gardinen verhängten Autofenster glitt ein Verkehrsschild vorbei, auf dem ein Mann mit rudernden Armen, torkelnd, als sei er betrunken, rücklings ins Wasser fiel, die von

Bogenlampen gesäumten Docks gingen über in eine Palmenallee, Königspalmen oder Kokospalmen, und er fühlte sich nach Disneyland oder Gotham City versetzt beim Anblick der wie Ufos geformten Hochhäuser, deren Architektur ihn an Superman-Comics erinnerte.

Die Drehtür des Hotels wurde von zwei Lakaien in Schottenröcken bewacht, deren Bärenfellmützen aus dem Buckingham Palast zu stammen schienen – nur ihre Mandelaugen passten nicht dazu. Ein Majordomus in goldbetresster Livree geleitete Dingsda zum ersten Stock und wies einladend in die Tiefe des Saals, in dem sich Billardspieler mit Queues unterm Arm über grün bespannte Tische beugten. Das Mandarin Oriental war eins der ersten Häuser am Platz, was die Zimmerpreise betraf, aber es gab keine Dresscode genannte Kleiderordnung und keinen Krawattenzwang, im Gegenteil: Die Gäste trugen Turnschuhe oder Sandalen, T-Shirts und Jeans, selbst Miniröcke und um haarige Beine schlotternde Shorts waren keine Seltenheit unter Touristen, die, Styroporbecher mit Cola oder Bier in der Hand, einarmige Banditen betätigten und nur aus ihrer Lethargie hochschreckten, wenn ein durchdringender Klingelton einen Geldgewinn anzeigte. Doch Dr. Dingsda war weder an Glücksspielautomaten noch an Billardtischen interessiert. Seit er im Excalibur-Hotel in Las Vegas ein Vermögen verspielt hatte, stand ihm der Sinn nach Höherem, und durch Wolken von Tabakrauch – um die Gäste bei Laune zu halten, war das Rauchen erlaubt – bahnte er sich einen Weg zu einem Roulettetisch, der von einer speziellen Klientel umlagert war: Damen mit Federboas, Zigarettenspitzen und perlenbesetzten Dekolletés und Herren mit Hornbrillen und Armani-Uhren, die wie pensionierte Politiker, Banker oder Generäle aussahen.

Mit den Ellbogen schob Dr. Dingsda die Zuschauer zur Seite und platzierte Chips, die er am Kassenschalter eingewechselt hatte, auf seine Glückszahlen 13, 24 und 32, und, gleichsam als Bonus, auf die Zero. *Faites vos jeux – rien ne va plus!* Der Croupier machte eine schwungvolle Bewegung mit dem Unterarm wie ein Sumo-Ringer oder Samurai-Ritter, der seinen Feind enthauptet, die Kugel sprang zuerst auf die 13 und landete scheppernd, von einem Loch zum nächsten hüpfend, auf die Null. Das wiederholte sich noch zweimal hintereinander, und weil der Chip auf der Zero liegen blieb – er hatte versäumt, neu zu setzen – nicht mit Absicht oder Berechnung, sondern aus Müdigkeit –, sammelte Dr. Dingsda unter dem Beifall der Zuschauer seine Chips ein und verließ den Roulettetisch als reicher Mann. Die Vorstellung, die Bank gesprengt zu haben, hob sein Selbstbewusstsein, obwohl das nur die halbe Wahrheit war: Der Gewinn, den der Kassierer ihm auszahlte, lag bei 300 Euro, aber bekanntlich hilft das Glück dem Tüchtigen, und es war ihm gelungen, Fortuna auszutricksen und dem chinesischen Glücksgott ein Schnippchen zu schlagen. Dieser Gedanke sowie das dadurch ausgelöste Gefühl beflügelte ihn dermaßen, dass er die Dänin, die ihn bei seinem Fischzug begleitete, zu küssen versuchte, was diese empört von sich wies.

***

Zwei Stunden später saß Dr. Dingsda mit hängendem Kopf auf einem Ledersofa in der Lobby des Mandarin Oriental Hotel und sann vergeblich darüber nach, wie er zu diesem Punkt seiner Geschichte gelangt war. Mit dem beim Roulette erbeuteten Geld hatte er Mathilde zum Essen eingeladen, und obwohl ihm ein Entengericht vorschwebte – Peking-Ente vielleicht oder Ente im Sezuan-Stil –, erklärte

er sich solidarisch mit der Dänin, die Veganerin war, und wirbelte mit Essstäbchen Tofubrühe in seinen Mund, in der Sojasprossen und Bambusschösslinge schwammen, während Mathilde mit geblähten Nüstern den Duft des Ingwertees einsog. Unter dem Vorwand, die Toilette aufzusuchen, kehrte er zurück ins Hotel, und obwohl Mathilde ihn darauf hinwies, dass in einer Stunde die letzte Fähre nach Hongkong auslief, versuchte er noch einmal sein Glück – nicht am Roulettetisch, sondern an einem einarmigen Banditen, der ihm wie ein Weihnachtsbaum signalisierte, dass hier eine üppige Bescherung zu erwarten war. Passend dazu ertönte ein Glockenspiel, aber nicht der einarmige Bandit, in dessen höhnisch grinsendes Maul Dr. Dingsda seinen letzten Jeton steckte, sondern der Automat nebenan spuckte eine Ladung Goldtaler aus, so schnell hintereinander, dass sein Nachbar, ein glatzköpfiger Mandschure, in die Knie ging, um den Geldregen aufzufangen. Vergeblich stülpte Dr. Dingsda seine Hosentaschen um – er war pleite, und als er sich hilfesuchend umblickte, war Mathilde verschwunden. Im Nachhinein schien ihm, als habe sie am Arm des Glatzkopfs, dessen glänzend gewichster Schnauzbart ihn an den Haremswächter bei Mozart erinnerte, das Casino verlassen. Aber er war sich nicht sicher, ob er die Szene geträumt oder wirklich gesehen hatte.
Dr. Dingsda überzeugte sich tastend, dass sein Portemonnaie mit Pass und Kreditkarte in der Brusttasche seines Jacketts steckte. Noch war nicht aller Tage Abend, und er würde sich frisches Geld besorgen, um seiner Spielleidenschaft zu frönen – nein, nicht um zu spielen, denn er hatte genug verloren an diesem Tag, sondern um sich einen Cheeseburger mit Pommes frites und ein frisch gezapftes Qingdao-Bier zu genehmigen. Wie lautete die Geheimnummer seiner Visacard? Obwohl er sich hundertprozen-

tig sicher war, die richtige Nummer getippt zu haben, hatte der Bankautomat die Kreditkarte verschluckt, beim ersten, nicht erst beim dritten Versuch, und der Hotelportier, der dem mandschurischen Glatzkopf ähnlich sah, zuckte bedauernd die Schultern und wies ihm ein Ledersofa als Schlafplatz zu mit den Worten, das Schnellboot nach Hongkong sei vor einer Stunde ausgelaufen, die nächste Fähre starte früh um sechs.

»Non, je ne regrette rien – ni le mal, ni le bien«, dachte Dr. Dingsda, als er sechs Stunden später am Gästehaus der Universität aus dem Taxi stieg, denn er spielte nicht, um zu gewinnen, sondern um zu verlieren, weil Gewinne ihm, wie gesagt, ethisch verwerflich erschienen.

***

Die Landung in Peking, das neuerdings Beijing hieß – der Lautwandel von K zu J war nachvollziehbar, aber niemand konnte Dr. Dingsda erklären, warum die alte Kaiserstadt früher Peiping geheißen hatte –, die Landung in Beijing war enttäuschend. Durchs Bullauge des Flugzeugs betrachtet, wirkte ihr Anblick noch monotoner als aus der Nähe, eine Steppe oder Trockensavanne, durchzogen von schnurgeraden Kanälen zur Bewässerung stoppliger Äcker, auf denen kein Reis, sondern Mais wuchs. Die Feldraine waren bepflanzt mit Doppelreihen von Büschen und Bäumen, wie die Tonsoldaten des Gelben Kaisers aufmarschiert zur Abwehr der Staubstürme aus der Wüste Gobi, die an die Stelle der nördlichen Barbaren getreten waren. Ringförmige Plattenbausiedlungen, noch trister als in der untergegangenen DDR, säumten das Flughafengelände, Schlafstadt war das adäquate Wort dafür, so dass Dr. Dingsda die Leuchtreklame eines schwedischen Möbelhauses auf dem Dach einer Shopping Mall als guten Bekannten begrüßte, und passend zur allgemeinen Tristesse sprachen die Leute eine krächzende Sprache, die den Wohlklang des kantonesischen Dialekts vermissen ließ. »Die radebrechen ein völlig verdorbenes Chinesisch hier«, sagte Dr. Dingsda zu seinen Reisegefährten, als die Frau an der Passkontrolle das Wort *Mgoi*, das in Südchina Danke schön heißt, mit *Xexe* beantwortete und ihn darauf aufmerksam machte, dass beim Durchschreiten der elektronischen Sperre die Körpertemperatur der Passagiere gemessen werde, um die Ausbreitung der Vogelgrippe zu verhindern. »Wie heißt das Grippevirus genau«, fragte sich Dr. Dingsda, »oder muss es der Virus heißen? Und wie viele Einwohner hat Peking?« – Zwei Fragen, die er sofort wieder vergaß, weil seine Aufmerksamkeit von anderen Dingen in Anspruch genommen wurde.

***

Bei ihrem ersten Besuch in Peking habe Sand aus der Wüste Gobi zwischen ihren Zähnen geknirscht, erzählte Brit, während Mathilde das Vogelnest genannte Stadion filmte, das am Panoramafenster des Busses vorbeiglitt. Inzwischen habe Schwermetall aus Autoabgasen den Wüstensand ersetzt, sagte sie, vor allem Blei, das so feinkörnig sei, dass es ins Lungengewebe eindringe und Krebs verursache. Und sie riet Dr. Dingsda, für die Dauer seines Beijing-Aufenthalts auf Zigarren zu verzichten.
Die Warnung war überflüssig, denn in den Hotels der Metropole herrschte Rauchverbot, und nur in Grenzstädten wie Harbin oder Urumqi, wo Mandschuren und Uiguren aus Russland geschmuggelte Zigaretten verkauften, wurde weiter gepafft. Erst nach langem Suchen entdeckte Dr. Dingsda eine Raucheroase an der Bar des Freundschaftshotels, das, anders als die Jugendherberge, in der sie untergebracht waren, mit Sandelholz getäfelt und mit

Marmorfliesen und Seidenteppichen ausgelegt war. Hier hielt er allabendlich Hof im Kreis der nordischen Dichterinnen, die auf seine Kosten Whiskey tranken, der in ihren Heimatländern unbezahlbar war. Vom Alkohol beflügelt, legte Dr. Dingsda seine Theorie der Fernstenliebe dar, die darauf hinauslief, dass erotische Beziehungen zu Personen in fremden Ländern primär dem Kennenlernen von deren Kultur und letztlich dem Spracherwerb dienten. Den Kaiser von China, fügte er, Einwände beiseite wischend, hinzu, stelle er sich vor als einen gebrechlichen Greis, der im alten Kaiserpalast, dem Zentrum der Macht, auf einem Himmelbett liegend, mit fein gezeichnetem Mund gähnt. »Das habe ich schon irgendwo gelesen«, warf Brit ein, aber Dr. Dingsda ließ sich nicht irritieren und legte dar, leider habe es der Kaiser von China versäumt, seinen Wiener Kollegen Franz Joseph um Rat zu fragen, sonst wäre er heute noch an der Macht. Der Habsburg-Kaiser hätte dem Sohn des Himmels erklären können, wie man eine Mauer baut, die nicht beim ersten Angriff der Barbaren wie ein Kartenhaus in sich zusammenfällt. Schon in den ersten Jahren seiner Herrschaft, fuhr er fort, habe Franz Joseph ein Gesetz erlassen, dass Türen und Fenster mit Klinken und Griffen zu versehen seien, so dass man sie bei Bedarf öffnen und schließen könne. Doch im Hanting-Hotel, in das er trotz seines Protests einquartiert worden sei, gebe es kein Warmwasser, die Tür sei nicht abschließbar und das Fenster mit Zementbausteinen vermauert, so dass kein Sonnenstrahl eindringe. Er fühle sich lebendig begraben in der feuchtkalten Gruft, selbst das Wort Jugendherberge sei zu hoch gegriffen für das Hotel, das besser Hunting Lodge heißen solle – jede Jagdhütte in Kanada sei heute elektronisch vernetzt, während das Hanting-Hotel nicht mal einen Faxanschluss habe. Dr. Dingsda hatte sich in Rage geredet, sein vom Alkohol erhitztes Gesicht wurde abwechselnd rot und blass, er murmelte lautlose Flüche in seinen Bart, drückte die Zigarre aus und verließ Türen schlagend die Bar.

***

Der alte Kaiser, der mit fein gezeichnetem Mund gähnt, musste abdanken, ebenso wie seine böse Stiefmutter, die Kaiserinwitwe, die hinter den Kulissen des Sommerpalasts die Fäden zog, und nach den landesüblichen Wirren, in denen China in streitende Reiche zerfiel, trat ein neuer Staatenlenker auf den Plan, der weniger zimperlich war als seine Vorgänger. Sein Name bedeutete, je nach Betonung, Katze oder Steuermann, und der Vorsitzende Mao war beides zugleich: Sein Wahrzeichen war die Warze am Kinn, die heute, liebevoll restauriert, in einem Schneewittchensarg prangt, an dem ein nicht abreißender Strom von Besuchern vorbeidefiliert, Menschen aus allen Provinzen des Reichs, die, Taschentücher vor die Nasen gepresst, dem Verstorbenen ihre Reverenz erweisen: *Letzte Ehre großem Sohn.* Daran musste Dingsda denken, als er das Tor des Himmlischen Friedens durchschritt und die Halle der Irdischen Harmonie betrat, auf deren Türschwelle Würdenträger, die Befehle missachtet oder Weisungen missverstanden hatten, einst von Eunuchen abgekehlt wurden – Seidenschals waren für höhere Chargen reserviert. Auf den Zinnen der mit Stierblut getünchten Stadtmauer stehend, hatte der Mann mit der Warze die Gründung der Volksrepublik verkündet, in der die Ausbeutung des Menschen durch den Menschen abgeschafft und in ihr Gegenteil verkehrt wurde: Fortan sollte der Mensch den Menschen ausbeuten, nicht umgekehrt. Stadt und Land, Handarbeit und Kopfarbeit würden die Plätze tauschen, der Februar zum Oktober und der Oktober zum Februar werden: als dialektisch geltende Denkfiguren, die in Wahrheit rhetorische Floskeln waren – Chiasmus hieß der Fachausdruck dafür –, hatten Dr. Dingsda immer schon fasziniert, und er dachte daran, dass der Kaiser in der Halle der Irdischen Harmonie das Datum der Sommer- und der Wintersonnenwende, der Aussaat und Ernte bekannt gab, das die Hofgelehrten mit Hilfe der Jesuiten errechnen mussten, weil westliche Kalender genauer waren als chinesische.

Die Verbotene Stadt – so hieß der normalen Sterblichen verschlossene Palastbezirk – war eine Orgie der Geometrie, wo Feng-Shui-Meister im Ministerium der Riten für alles und jedes den richtigen Zeitpunkt und passenden Ort festlegten: ein Labyrinth aus sich überschneidenden konzentrischen Kreisen, das der Kaiser mit Frauen und Konkubinen, je nach Tages- und Jahreszeit, in einer von Eunuchen getragenen Sänfte durchquerte, zu der weder Familienangehörige noch Ratgeber oder Minister Zutritt hatten. Sein Aufenthaltsort, aber auch der Geburts- und der Todestag des Kaisers waren nicht mal den Beamten des Hofstaats bekannt, obwohl oder weil der Sohn des Himmels zu Lebzeiten die Verbotene Stadt nicht verließ – theoretisch, die Praxis sah anders aus. Nur ein mit Schildkröten und Kranichen – Symbolen der Langlebigkeit – verziertes Nachtgeschirr aus massivem Gold, das heute im Palastmuseum von Taipeh zu sehen ist, weist darauf hin, dass der Kaiser wirklich gelebt hat, dessen Exkremente jeden Morgen von Sterndeutern und Eingeweidebeschauern genau untersucht wurden. Damit sind wir wieder beim Thema.

***

Mathildes schwarze Augen loderten wie weißglühende Kohlen, während Brits von blonden Locken umrahmtes Gesicht in der Dämmerung blau anlief, himmelblau wie der mit

Sonne, Mond und Sternen bestickte Mantel der Himmelskönigin, die in meinem von Reiswein und Hirseschnaps benebelten Gehirn zur Gattin des Gelben Kaisers wurde: geboren von der Jungfrau Maria, niedergefahren zur Hölle, aufgefahren zum Himmel, sitzend zur Rechten Gottes, zu richten die Lebendigen und die Toten ... In diesem Augenblick wurde mir klar, dass ich zwischen Gott und Teufel saß, zwischen einem blonden Engel, der an seinem Weinglas nippte und mit gespielter Unschuld *Mhm* sagte, weil Skandinavierinnen nicht sehr gesprächig sind, *Mhm* und nochmal *Mhm*, während der Teufel zu meiner Linken, dem jetzt, passend zu seinem androgynen Aussehen, Hörner aus der Stirn wuchsen, ekelerregende Einzelheiten über Toiletten in Indien zum Besten gab: Bahnhofspissoirs und Toiletten in Vorortzügen, vor deren verschlossenen Türen Frauen in Sarongs Schlange standen, weil es auf dem Subkontinent keine Damenklos gibt. »Ich saß in der ersten Klasse«, sagte Mathilde mit in der Dunkelheit glimmenden Augen, »und eine junge Mutter vom Volk der Dalit – so heißen die Unberührbaren in Indien – setzte mir ihr in Schmutzlappen gewickeltes Baby auf den Schoß, das seine Windel durchnässt und noch dazu Durchfall hatte. Vergeblich versuchte ich, das weinende Kind zu beruhigen, während ein Unberührbarer, der über mir im Gepäcknetz lag, mich von oben bis unten vollkotzte. Genauer gesagt kotzte er aus dem Zugfenster, aber der Fahrtwind blies die grüne Soße ins Abteil zurück, und erst jetzt begriff ich, warum der Fensterplatz leer geblieben war. Erst Stunden später tauchte die Mutter wieder auf, nachdem ich Höllenqualen durchlitten hatte, weil ich mich nicht auf die Toilette traute, und nahm ohne ein Wort des Dankes ihr Baby in Empfang!«

»*Mhm*«, meinte Brit. Aber statt noch einmal *Mhm* zu sagen, wollte sie wissen, wovon Mathilde sich auf der langen Zugfahrt quer durch Indien ernährt habe. »Obst«, sagte die Dänin auf Deutsch. Sie liebte dieses Wort, das für sie, vielleicht der Kürze wegen, der Inbegriff der deutschen Sprache war. »Damit sind Früchte gemeint«, fügte sie erklärend hinzu, »aber Obst hat viele Bedeutungen – so wie *Mhm* in Norwegen.«

***

Was sich hinter dem Wort mit vier Buchstaben verbarg, begriff ich erst später, als Mathilde mich darum bat, ihr Badezimmerfenster zu reparieren, dessen Riegel klemmte, so dass es sich nicht mehr öffnen ließ. Im Bad war es noch kälter als im Schlafzimmer, wo subarktische Temperaturen herrschten: Statt Kaiser Franz Joseph um Rat zu fragen, der ihm hätte erklären können, was ein Fenster ist, hatte der Gelbe Kaiser befohlen, rund ums Hanting-Hotel eine chinesische Mauer zu bauen, die weder Licht noch Luft in das Gebäude eindringen ließ. »Weißt du, was ein Darkroom ist«, sagte Mathilde zu Brit, die fröstelnd, mit angezogenen Knien, auf der Bettkante saß, während ich im Badezimmer werkelte und durch die angelehnte Tür die Unterredung mithörte. »*Mhm*«, seufzte Brit, als Mathilde ihr erklärte, wozu ein Darkroom diente und was sich dort abspielte, »*Mhm*«. Die Fortsetzung des Gesprächs ist mir entfallen, weil der Fensterriegel sich keinen Zoll von der Stelle bewegen ließ – er schien eingerostet zu sein. Nur mit Brachialgewalt gelang es mir, das Klappfenster zu öffnen, und es kostete noch mehr Mühe, es wieder zu schließen, weil der Fensterhebel klemmte – Klempnerarbeiten im Reich der Mitte sind ein Kapitel für sich, außer, wenn ein deutsch sprechender Mongole sie übernimmt.

Als ich das Schlafzimmer betrat, war das Gespräch erstorben, und ich wollte mich auf Zehenspitzen entfernen, um Mathildes Nachtruhe nicht zu stören, da hörte ich die Bettfedern quietschen – wie alles im Hanting-Hotel war die Matratze von miserabler Qualität – und bemerkte, als meine Augen sich an die Dunkelheit gewöhnten, eine sanfte Bewegung unter der Bettdecke. Mathilde und Brit umarmten und liebkosten einander, sie steigerten sich zu immer heftigerer Erregung, streiften die Decke ab und fielen, ohne auf die Kälte zu achten, wie Raubkatzen fauchend übereinander her, während ich, im Sessel sitzend, zuschaute und mit dem Fotohandy das Liebesspiel filmte. Ich war am Ziel meiner Wünsche angekommen, und das war der Grund, warum ich die weite Reise unternommen hatte. Dass auf dem unterbelichteten Film nur vage Umrisse zu sehen sind, nicht mehr als ein schattenhaftes Hin und Her, steht auf einem anderen Blatt.

## Ab die Post!

»Mein Quadrocopter ist mir entflogen und könnte bei Ihnen gelandet sein. Dem Finder zahle ich 500 Euro. Meine Adresse ist soundso, meine Handynummer soundso. Danke!« Diese auf Computerpapier gedruckte Suchmeldung steckte gestern in meinem Briefkasten – aus Datenschutzgründen halte ich Namen und Anschrift des Absenders geheim – zusammen mit einem Foto des Quadrocopters, der wie eine Kreuzung aus *Archaeopteryx* und *Quetzalcoatlus* aussah: zwei Spezies, die zu verschiedenen Zeiten an unterschiedlichen Orten lebten, durch Jahrmillionen voneinander getrennt, und schon wegen Flügelspannweiten von neunzig Zentimetern respektive zwölf Metern keine gemeinsamen Nachkommen zeugten. Vielleicht handelt es sich um das fehlende Bindeglied zwischen *Rhamporhynchoida* und *Pterodaktyloida*, Lang- und Kurzschwanzsauriern, die sich durch den Mittelhandknochen voneinander unterschieden, oder um *Sordus pilosus*, den haarigen Teufel, der zwischen Kreide und Jura sein Unwesen trieb und auf vier Beinen von Ast zu Ast oder von Wellental zu Wellental hüpfte, je nachdem, ob er an Land oder auf See unterwegs war, wo er sich, vom Aufwind erfasst, zum Segel- und Gleitflieger entwickelte. Die wichtigste Lagerstätte für Saurierfossilien der oberen Kreide ist das *Araripe*-Becken in Brasilien, vor allem die als *Santana-Formation* bekannte Schicht mit Fossilien so unterschiedlicher Arten wie *Anhanguera Criorhynchus Thalassodromeus* und *Tupuxuara*. Wer aber beschreibt mein Erstaunen, als ich, auf den Balkon tretend, Auge in Auge dem Quadrocopter gegenüberstand, der sich, äußerlich einem Mikroraptor ähnelnd, an die Nähe des Menschen gewöhnt zu haben schien und mir wie ein aus dem Käfig entwichener Wellensittich oder Kanarienvogel zugeflogen war.

»Hallo«, sagte er mit knarzender Stimme, die weniger metallisch als vielmehr ölig klang, so als habe der Quadrocopter Kreide gefressen: »Ich heiße Quattuor, aber Sie können auch *Number four* zu mir sagen. Mit wem habe ich die Ehre?« Ohne meine Antwort abzuwarten, richtete er sein Kameraauge auf mich, und nachdem er mich von Kopf bis Fuß gescannt und biometrisch vermessen hatte, fuhr er fort: »*Homo erectus*, erstes Viertel 21. Jahrhundert, Adrenalin- und Testosteron-Ausschüttung normal, Frührentner mit Tachykardie, durch Betablocker und Blutverdünner (Macumar) kontrolliert, Lebewesen, das zu 70 Prozent aus H2O besteht und zu seiner Fortbewegung fossile Energie verbrennt, darf ohne Gerichtsurteil nicht länger als 48 Stunden eingesperrt, gefoltert oder getötet werden, Mann, Deutscher, Schriftsteller.«

»Woher wissen Sie das?«

Keine Antwort. Der Quadrocopter schaltete sein Infrarotauge aus und bat mich, zwei Stellschrauben fester zu ziehen, die ihm beim Starten und Landen hinderlich waren. Gesagt, getan. Dann lud er mich ein, in der Pilotenkanzel Platz zu nehmen, die wie ein Kamelhöcker aus seinem Rücken wuchs, um eine Spritztour zu unternehmen und seinen Kiez, wie er sagte, von oben zu betrachten. »Alles schön und gut. Aber wer haftet für den Schaden, wenn wir mit einer Drohne kollidieren, uns in einer Drachenschnur oder Hochspannungsleitung verheddern?« Statt einer Antwort druckte der Quadrocopter einen auf meinen Namen ausgefertigten Versicherungsvertrag aus, den ich, ohne das Kleingedruckte zu lesen, an Ort und Stelle unterschrieb. Und ab die Post!

# Zweites Buch:
# ELVIS LEBT ODER DIE STIMME AMERIKAS

*Wie kommt es, dass am Ende des Geldes noch so viel Monat übrig ist?* Diesen Satz hatte Nick Knatterton unter der Rubrik *unbeantwortbare Fragen* im Internet angeklickt, und während er nachdachte über seinen tieferen Sinn, klingelte das Telefon. »Sind Sie Privatdetektiv«, fragte eine Frauenstimme, die man früher als rauchig bezeichnet hätte. Damals gab es noch kein Rauchverbot, und er sog mit einer Mischung aus Abscheu und Faszination den aus dem Hörer dringenden Zigarettenrauch ein – Camel ohne Filter, wie ihm schien. »Ich bin Schriftsteller, kein Privatdetektiv.« – »Aber Sie schreiben Kriminalromane?« – »Das habe ich früher getan. Ich schreibe keine Bücher mehr«. – »Dann sind Sie der richtige Mann für mich. Schriftsteller und Privatdetektive ziehen am gleichen Strang – oder nicht?« – »Was wollen Sie von mir?« – »Das müssen wir unter vier Augen besprechen. Mein Chauffeur holt Sie ab!«
Nick Knatterton setzte seine karierte Mütze auf. Immer wenn er einen kniffligen Kriminalfall zu lösen hatte, juckte sein Skalp, und um den Juckreiz zu dämpfen, setzte er die Mütze auf. Im Privatleben trug er eine Perücke oder einen Hut zur Tarnung vor Gangstern und Polizisten, die ihn ständig beschatteten und sich dabei gegenseitig auf die Füße traten – Polizei und Verbrecher waren zwei Seiten derselben Medaille. Er zog seinen Trenchcoat an, der ihn unsichtbar machte im Menschengewühl, und trat vor die Tür. Ein Bentley parkte am Bordstein mit laufendem Motor – oder war es ein Rolls-Royce? –, aber Knatterton fand keine Zeit, sich diese Frage zu beantworten, denn als

er sich herabbeugte, um mit dem Chauffeur zu sprechen, traf ihn ein Schlag ins Genick, der ihn aufs Trottoir sinken ließ – damals hießen die Bürgersteige noch Trottoirs.

***

Als Nick Knatterton aus der vorübergehenden Ohnmacht erwachte, lag er auf einem Biedermeiersofa – oder war es ein Kanapee? – fest verschnürt wie ein Postpaket. Durch einen Schlitz in der Augenbinde sah er die hochhackigen Schuhe einer Dame, die sich eine Zigarette anzündete. Er hatte zu rauchen aufgehört und seine Pfeifensammlung *ad acta* gelegt, aber seine detektivische Spürnase identifizierte alle gängigen Zigarettenmarken. Das menschliche Gedächtnis ist an den Geruchssinn gekoppelt, und der Duft der Camel erinnerte ihn an einen Satz, den er irgendwo gelesen hatte, aber nicht mehr auf die Reihe bekam: *Wie kommt es, dass am Ende des Geldes noch so viel Monat übrig ist?*

»Verzeihen Sie die Unannehmlichkeit«, sagte die Raucherin, die breitmaschige Netzstrümpfe trug wie eine *Madame* zu Lebzeiten von Toulouse Lautrec – so hießen damals die Puffmütter. »Gewisse Vorsichtsmaßregeln sind leider unumgänglich«. Knatterton protestierte durch den Knebel hindurch, der ihn am Sprechen hinderte, die Dame gab ihrem Chauffeur einen Wink, und der löste die Fesseln, mit denen er ihn verschnürt hatte.

Nick Knatterton stand auf, streckte sich, massierte seine schmerzenden Gelenke und versetzte dem Fahrer einen Faustschlag, der ihn auf den Perserteppich beförderte. Es war der linke Haken, der Knatterton berühmt gemacht hat, aber in der Eile hatte er nicht genau gezielt und sich am Knöchel verletzt.

»Hören Sie auf«, sagte die Dame. »Boris ist nicht nur mein Fahrer, er ist mein Bodyguard!«

Gemeinsam betteten sie ihn aufs Sofa, und sie packte ihm Eiswürfel auf die Stirn. Knatterton fühlte Eifersucht in sich aufsteigen, gekoppelt mit dem Wunsch, dem Chauffeur in den Unterleib zu treten.

***

Ich heiße Nick Knatterton, wie gesagt, und bin kein Privatdetektiv, sondern Schriftsteller von Beruf. Mein richtiger Name ist HC Buch, aber was sich hinter den Initialen HC verbirgt, ist ein Geheimnis, das ich hier nicht lüften darf. Vermutlich handelt es sich um einen *nom de plume*, unter dem der Comiczeichner Manfred Schmidt Krimis veröffentlicht, seit er Nick Knatterton gegen den Willen seiner Fans aus dem Verkehr gezogen hat. Aber Knatterton ist nicht tot – im Gegenteil: Er lebt froh und fit im Ruhestand und sieht aus wie in seinen besten Zeiten, als die Illustrierte *Quick* jeden Mittwoch einen Cartoon veröffentlichte, der ihn auf Verbrecherjagd zeigte: mit Hakennase und kantigem Kinn, von dem Fausthiebe wirkungslos abprallten, und drei Haaren am Hinterkopf, die er beim Frisör schneiden und föhnen ließ. Damals rauchte Knatterton noch Pfeife und begann jeden Satz mit: *Ich kombiniere*, weil sein Computerhirn Daten mit Fakten vernetzte und er komplexe Kriminalfälle in Rekordzeit zu lösen verstand. So auch hier.
»Legen Sie die Karten auf den Tisch. Wie heißen Sie? Für anonyme Auftraggeber arbeite ich nicht.«
»Man nennt mich Nellie. Mehr darf ich nicht preisgeben. Mein Mann ist eine prominente Persönlichkeit, die in Wirtschaft und Politik, aber auch in den Medien die Fäden zieht.«
»Wann haben Sie ihn zuletzt gesehen?«
»Vor zwei, nein vor drei Wochen.«

»Und warum melden Sie sich erst jetzt?«
»Weil er öfter aushäusig war, aber nie so lange wie jetzt. Die Polizei darf nichts davon wissen!«
»Gab es Drohanrufe, Erpresserbriefe oder eine Lösegeldforderung?«
»Nein, das heißt doch!«
»Kombiniere: Entführung mit terroristischem Hintergrund. Haben Sie etwas dagegen, wenn ich mich in Ihrer Wohnung umsehe?«
Nick Knatterton öffnete die Schiebetür eines begehbaren Kleiderschranks, in dem Anzüge auf Bügel gereiht hingen. Hinter seinem Rücken hörte er ein verdächtiges Geräusch. Er duckte sich und wirbelte herum, gerade noch rechtzeitig, um den Eispickel abzufangen, den Boris auf seinen Hinterkopf niedersausen ließ. Der Eispickel verfehlte sein Ziel, und ein Tiefschlag setzte den Gorilla außer Gefecht.
»Und was ist das, wenn ich fragen darf?«
Knatterton deutete auf ein mit Pailletten besticktes Kostüm mit Spitzenjabot und Rüschen an den Ärmeln, wie es Zarah Leander in dem Film *La Habanera* trug.
»Mein Mann ist stinknormal, aber er hat eine Schwäche: Er ist Elvis-Fan.«
»Das sind wir alle. Aber warum benutzen Sie die Vergangenheitsform? Heißt das, dass Ihr Mann nicht mehr lebt?«
»Um das herauszufinden, habe ich Sie engagiert. Es soll nicht zu Ihrem Schaden sein!«
Nellie zog eine zerknüllte Banknote aus dem Ausschnitt ihrer Bluse und steckte sie in Knattertons Brusttasche, während ihr Fahrer und Leibwächter sich stöhnend den Bauch rieb.

***

Beim Verlassen des Hauses trat ihm ein Passant in den Weg. Der Schlapphut, der Managerkoffer, der hochgeschlagene Mantelkragen – alles deutete darauf hin, dass es sich um einen Gangster oder Polizisten handelte oder um beides zugleich. »Kombiniere: Kriminalkommissar«, dachte Knatterton, während der Unbekannte ihm seinen Dienstausweis unter die Nase hielt und seinem Gehilfen ein Zeichen gab, der ihn, aus einem Torbogen tretend, in den Schwitzkasten nahm. »Ausweiskontrolle«, sagte der Kriminalbeamte und zog Handschellen aus der Manteltasche, mit denen er vor Knattertons Gesicht herumwedelte. »Ihre Lizenz ist abgelaufen, und wir können Ihnen jede Menge Ärger bereiten – bis hin zum Berufsverbot. Aber ich habe mich noch nicht vorgestellt!«

Sein Name sei Becker-Becker, erklärte er, während sein Adlatus Knattertons Jackett umstülpte und den Tascheninhalt auf die Straße streute: Geldmünzen, Büroklammern, Rabattmarken – den in der Brusttasche steckenden Tausender hatte er übersehen.

»Die Mühe können Sie sich sparen, Herr Becker. Ich weiß nicht mehr als Sie – eher weniger!«

»Becker-Becker, wenn ich bitten darf. Wir können auch andere Saiten aufziehen!«

»Also gut. Die Indizien deuten auf einen terroristischen Hintergrund – Bewegung 2. Juni, Stadtguerilla oder Spaßguerilla. Das ist ein vertraulicher Tipp, Sie behalten es besser für sich!« Der Polizist bückte sich, um den Tascheninhalt vom Boden aufzusammeln, und Knatterton stieß ihm sein Knie ins Gesicht. »Körperverletzung im Amt«, sagte Becker-Becker, während der Beamte mit dem Taschentuch sein Nasenbluten stillte. »In Anbetracht besonderer Umstände wird auf die Strafverfolgung verzichtet.«

***

Der Tag hatte gut angefangen. Fast ohne sein Zutun hatte Nick Knatterton einen Tausender verdient – nur eine Schramme am Handgelenk zeugte von physischer Aktivität. Was noch wichtiger war: Er hatte die Kripo auf die falsche Fährte gelockt – viel Zeit würde vergehen, bis dem Kommissar ein Licht aufging.
Knattertons Büro lag im Hochparterre eines Mietshauses, in einer Einzimmerwohnung, die aus Steuergründen als Büro firmierte. Er setzte seinen PC in Gang und tippte einen Ortsnamen ein, geographisch der Antipode des Ortes, an dem er sich gerade befand – die Frage war nur, ob Hawaii mit einem i geschrieben wird oder mit zwei. Schon der dritte Mausklick brachte das gewünschte Resultat: Kein Zweifel, dies war das goldene Vlies, das er im Kleiderschrank von Herrn X gesehen hatte, ein mit Pailletten besticktes Glitzerkostüm, halb Sonnenkönig, halb King Creole, das Elvis Presley bei seinem legendären Konzert in Honolulu getragen hatte. Es war der letzte öffentliche Auftritt des Rockidols, und Elvis war so fett, dass ihm der Anzug nicht mehr passte, den dessen neuer Besitzer bei Sotheby's für eine Million ersteigerte.
Knatterton nahm sich vor, seine Honorarforderung zu verdoppeln, da zischte etwas zuerst an seinem rechten, dann am linken Ohr vorbei, pfeifend wie ein defektes Hörgerät. »Kombiniere: Tinnitus«, dachte er, aber zwei Messer, die sich fast zeitgleich in den Rahmen des über dem Schreibtisch hängenden Gemäldes bohrten, belehrten ihn eines Besseren. Das Bild zeigte das Stammschloss seiner Familie in Kyritz an der Knatter, in dessen Turmzimmer er Geige geübt hatte, bevor er beim Schädel seines von Raubrittern ermordeten Urahnen Nikolaus Knattertonski geschworen hatte, das Böse zu bekämpfen in jedweder Form.
»Kombiniere: Mackie Messer«, dachte Knatterton, und

diesmal lag er richtig: Ein drittes Wurfmesser sauste knapp über seinen Scheitel hinweg, an dem sich Funken sprühend die Haare sträubten – es waren nur drei –, und ein viertes bohrte sich in die abnehmbare Prothese an seinem Hinterkopf. Wo Gefahr droht, wächst das Rettende: Er hörte einen erstickten Schrei, gefolgt von einem dumpfen Schlag, und als er aufblickte, hatte Boris, der Leibwächter von Madame X., den Eindringling mit einem Fußtritt auf die Straße befördert.

»Ich bringe Ihnen das goldene Vlies«, sagte der Gorilla und überreichte Knatterton ein in Plastikfolie eingeschweißtes Kostüm. »Es wurde chemisch gereinigt, Sie können es anziehen, wenn Sie wollen, aber die Kutte ist wertvoll – meine Chefin erbittet sie unbeschädigt zurück.«

***

Kyritz an der Knatter liegt im Osten Deutschlands, und als Sowjetsoldaten dort einrückten, wurde das Stammschloss der Familie mitsamt dem Grundbesitz enteignet nach der Devise *Junkerland in Bauernhand*, und russische Offiziere zogen ein, gefolgt von Jungen Pionieren der FDJ. Der Schlossherr sah keine Perspektive mehr für sich und seine Nachkommen, und die Knattertons taten das, was Millionen Ostdeutsche taten: Sie packten ihre Siebensachen und flohen über die grüne Grenze, weil sie die westliche Freiheit dem kommunistischen Joch vorzogen – »rübermachen« nannte man das.

Nick Knattertons erster Weg hatte ihn vom Auffanglager in Friedberg nach Bad Nauheim geführt. Der populärste Rockstar seiner Zeit, Elvis Presley, absolvierte dort seinen Militärdienst, und nach dem Ende der Grundausbildung hatte die US Army ihm erlaubt, unter der Obhut seines Managers Colonel Parker außerhalb der Kaserne zu wohnen. Eine Horde von Paparazzi, Autogrammjägern und Fans lungerte am Gittertor der von Parker gemieteten Villa herum, aber als Nick Knatterton an einem nebligen Herbsttag die Klingel zog, war er der einzige Besucher weit und breit. »Wer ist das?«, fragte Elvis, der gerade von Tom Parker massiert wurde. »Keine Ahnung«, sagte der Colonel und warf einen Blick aus dem Fenster. »Ein schmales Handtuch – sieht aus wie ein Flüchtling, der vor kurzem über die Zonengrenze rübergemacht hat. Er hat einen Geigenkasten in der Hand«. »Lass ihn rein«, sagte Elvis. »Ich brauche einen Sparringpartner, den ich k. o. schlagen kann.«

So kommt es, dass der schmächtige Geiger – bevor Knatterton sich als Detektiv betätigte, schwebte ihm eine Musikkarriere vor – gegen Elvis Presley in den Ring trat und nach kurzem Schlagabtausch zu Boden ging. Nick schwor, dass ihm das nie wieder passieren würde, und trat einem Boxverein bei. Zum Abschied schenkte Elvis ihm seine blauen Wildlederschuhe, die er in einem Song verewigt hatte:

You can burn my house and steal my car
Drink my liquor from a broken jar
You can do what you want
But don't step on my blue suede shoes!

***

Diesmal war alles anders, denn das schäbige Hotel passte nicht zu dem schlachtschiffgrauen Rolls-Royce, in dem Knatterton vorfuhr – oder war es ein Bentley? Es hieß Holiday Inn und lag auf einer Verkehrsinsel direkt an der Stadtautobahn. Ein die Einfahrt überspannendes Transparent mit der Aufschrift WELCOME HOME begrüßte die Gäste, die, mit Bussen angekarrt, vor der Rezeption Schlange standen. Nick Knatterton traute seinen Augen nicht, denn anders als im Kurhotel von Bad Homburg hatte Elvis Presley sich vervielfacht, als seien Außerirdische auf der Erde gelandet und hätten den Rockstar geklont: Alle trugen dasselbe Glitzerkostüm, dazu blaue Wildlederschuhe und lange Koteletten, und alle schürzten die Lippen wie Elvis. »Kombiniere: Karaoke-Show«, dachte Nick Knatterton, und um nicht aufzufallen, ersetzte er seinen karierten Anzug durch das goldene Vlies, schlüpfte in die blauen Wildlederschuhe und stülpte sich eine Elvis-Perücke auf den Kopf.

Aber es war zu spät. »Folgen Sie mir unauffällig«, sagte eine Stimme, die ihm bekannt vorkam. Es war Becker-Becker, der Kriminalkommissar, begleitet von einem Polizisten, der einen Wattebausch in der Nase trug. »Dürfte ich das Etikett Ihres Anzugs sehen? Savile Row, London!« Er pfiff bewundernd durch die Zähne. »Wann und wo haben Sie das Jackett gekauft? Und woher stammen die Wildlederschuhe? Raus mit der Sprache!« Der Kommissar gab dem Polizisten einen Wink, und der drehte Knatterton den Arm auf den Rücken, so lange, bis es in den Gelenken knackte. Ein Stöhnen war zu hören, das eher einem Seufzer glich, während der Polizist lautlos vornüberfiel. Die Leser ahnen es schon: Knattertons Schutzengel Boris hatte den Beamten mit einem Nackenschlag ruhiggestellt. Sein Vorgesetzter wurde gefesselt und geknebelt in die Herrentoilette gesteckt und, weil deren Tür sich von außen nicht abschließen ließ, in die Besenkammer gesperrt. »Das werden Sie bereuen, Knatterton«, presste Becker-Becker zwischen den Zähnen hervor. »Ich vergebe alles, aber ich vergesse nichts!«

***

Baby let me be
Your lovin' teddy bear
Put a chain around my neck
And lead me anywhere
Oh let me be
Oh let him be
Your teddy bear

Die Elvis-Imitatoren sangen nicht schlechter, sondern besser als ihr Idol, ihre Auftritte waren perfekt gestylt, vom Hüftschwung bis zur Haartolle. Der einzige Unterschied war, dass Elvis das Produkt, das sie kopierten, spontan kreiert hatte – eine *Creatio ex nihilo*, wenn man so will. Während Knatterton seine Lateinkenntnis auffrischte, wurde sein Name über Lautsprecher ausgerufen – da alle Anwesenden Elvis hießen, trat der Geburtsort an die Stelle des Vornamens. »Kyritz an der Knatter«, dröhnte der Lautsprecher, und unter zaghaftem Beifall erklomm der Privatdetektiv das Podium. Er verzichtete darauf, mit den Elvis-Imitatoren zu konkurrieren, klappte seinen Geigenkasten auf und spielte *Heartbreak Hotel* – so herzzerreißend, wie man den Song nie zuvor gehört hatte.

Well, since my baby left me
I found a new place to dwell
It's down at the end of Lonely Street
At Heartbreak Hotel

Although it's always crowded
You still can find some room
For broken-hearted lovers
To cry there in their gloom

Der Text passte gut zu dem unter einer Autobahnbrücke gelegenen Hotel, in dem immer wieder Gäste aus Liebeskummer Selbstmord begingen. Aus dem Publikum war

Schluchzen zu hören, übergehend in Weinen, das sich wie ein Lauffeuer durch die Sitzreihen verbreitete, und das Salz der Tränen löste die Schminke auf, unter der die Elvis-Fans ihre Falten verbargen. Nick Knatterton setzte den Geigenbogen ab und verbeugte sich, umtost von Beifall, da pfiffen zuerst zwei, dann vier Messer an seinem Kopf vorbei, die er im Flug auffing und zu dem Absender zurückwarf.

Der Applaus schwoll an zum Orkan, das Publikum hielt die Messerattacke für einen Bestandteil der Show, und während die Jury bekannt gab, der Elvis-Imitator aus Kyritz an der Knatter habe das Wettsingen gewonnen, stahl dieser sich von der Bühne und schloss sich in der Toilette ein, an deren Tür die Fans rüttelten. Er suchte und fand Zuflucht in einer Besenkammer, Arm in Arm mit dem Kriminalkommissar, dem er die Fesseln löste. »Das war Freiheitsberaubung im Amt«, seufzte Becker-Becker, »aber in Anbetracht besonderer Umstände wird auf die Strafverfolgung verzichtet.«

Der Kommissar hielt nicht Wort, denn als Nick Knatterton, wieder im Anzug, das Hotel verließ, legte ein Polizist ihm Handschellen an – zu seinem eigenen Schutz, wie es hieß. Es war derselbe Beamte, der Bekanntschaft mit seinem Knie gemacht hatte, doch diesmal leistete Knatterton keinen Widerstand – aus dem Augenwinkel heraus sah er, wie Boris, hinter einer Litfaß-Säule versteckt, ein Magazin in den Ladestutzen seiner AK-47 schob. »Wir bringen Sie an einen sicheren Ort«, sagte Becker-Becker. – »Haben Sie einen Haftbefehl?« – »Ihre Lizenz ist abgelaufen – das wissen Sie doch!« – »Darf ich den Geigenkasten mitnehmen?« – »Von mir aus, ja. Aber ohne das Waffenarsenal, das sich unter dem doppelten Boden verbirgt!« – »Verkehrte Welt«, fügte der Kommissar hinzu, mehr zu sich selbst als zu Knatterton gewandt, während dieser abgeführt und in eine Grüne Minna geschubst wurde. »Verkehrte Welt – der Retter der Menschheit kommt ins Gefängnis, und der Erfinder der Kalaschnikow, die mehr Menschen getötet hat als die Atombombe, stirbt friedlich im Bett!«

***

»Kombiniere: Pech gehabt«, mutmaßte Nick Knatterton, als die Zellentür sich knarrend, nein: knirschend hinter ihm schloss. Er streckte sich auf der Pritsche aus, die nicht bretthart, sondern mit Schaumstoff gepolstert war, und dachte nach. Ein Justizirrtum schied aus – ebenso ein Alleingang Becker-Beckers, denn der war ihm in den Untiefen seiner Bürokratenseele herzlich zugetan. Wahrscheinlich hatten seine Widersacher sich gegen ihn verbündet – die Fahndungsbehörden und das Verbrechersyndikat arbeiteten Hand in Hand. Und vermutlich hatte der Küchenbulle ihm ein Schlafmittel in den Tee getan, denn während er noch nachsann über die aus der chinesischen Kulturrevolution stammende Unterscheidung von Haupt- und Nebenfeinden – war Becker-Becker sein Hauptfeind oder nur ein Nebenfeind? –, fielen ihm die Augen zu.
Im Herbst 1977 hatte er sein Büro geschlossen und, genervt durch Berufsverbote und Terroristenfahndung, den Detektivberuf an den Nagel gehängt. Knatterton geriet selbst ins Visier der Justiz, weil er an Ostermärschen und Anti-Kriegs-Protesten teilnahm und sich weigerte, verdächtige Individuen der Polizei zu melden. Um auf andere Gedanken zu kommen, erfüllte er sich einen Jugendtraum und fuhr mit einem Lincoln Continental, nein: einem rosa Cadillac quer durch die USA, genauer gesagt: Er hatte das ramponierte Auto von der Ost- zur Westküste überführt. An einem Truck Stop in Billings, Montana – oder war es in Boise, Idaho? –, verzehrte er das beste Frühstück seines Lebens, bestehend

aus Rühreiern mit Speck, Pfannkuchen mit Ahornsirup, Kaffee und Grapefruitsaft, und davon träumte er jetzt, genauer gesagt, er träumte von einem Tankwart, der wie Elvis aussah und wie Elvis sang, während er bleihaltiges Benzin in den Tank seines rosa Cadillac füllte: *Put your tiger into my tank!*, nein, das war obszön – *Put a tiger into my tank!* So hatte der Werbeslogan gelautet, und im Traum fiel ihm ein, dass und wie Elvis in Graceland an einem Erdnussbuttersandwich erstickt war, während Knatterton in Idaho ein Truck Driver Breakfast verspeiste. Oder war Elvis gar nicht tot und lebte weiter als Tankwart, der für LKW-Fahrer seine auf Goldene Schallplatten gepressten Lieder sang?

***

Wieder war der verräterische Pfeifton zu hören, und ein durchs Fenster segelndes Wurfmesser bohrte sich in die gegenüberliegende Wand, auf der Dutzende Vormieter sich verewigt hatten – jeder Längsstrich stand für eine Woche, jeder Querstrich für einen Monat im Knast. Demnach hatten Generationen von Lebenslänglichen hier ihre Strafe abgesessen, ohne Hoffnung, vorzeitig entlassen zu werden. Diesmal aber war alles anders: Das Messer war ein Dietrich, der in die Zellentür passte, und dort, wo es in der Wand steckte, war ein Herz aufgemalt mit den Worten: *Jailhouse Rock*.
Nick Knatterton erfüllte den Musikwunsch. Er klappte den Geigenkasten auf, stimmte seine Violine und legte los:
The warden threw a party in the county jail
The prison band was there and they began to wail
The band was jumping and the joint began to swing
You should've heard those knocked out jailbirds sing:
Let's rock, everybody, let's rock
Everybody in the whole cell block
Was dancin' to the jailhouse rock!

Das Geigenspiel war auf allen Etagen der Haftanstalt zu hören, es durchdrang Treppen und Flure vom Keller bis zum Dachboden, und der Effekt war verblüffend. Wie beim Gesang der Sirenen, nein: Wie beim Rattenfänger von Hameln fuhr die Musik direkt in die Beine, alle Insassen des Zellenblocks, Wärter und Kalfaktoren, Gefangene und Besucher zuckten mit den Knien, Mörder und Diebe, Verkehrssünder und säumige Schuldner, Geldfälscher und Heiratsschwindler hüpften, vom Veitstanz besessen, auf und nieder. Wer keinen Partner fand, griff zu einem Aktenordner, einem Besen oder zum nächstbesten Stuhl, während Nick Knatterton unbemerkt das Gebäude verließ und in ein am Tor parkendes Auto stieg.

»Wohin soll die Reise gehen?«, fragte der Chauffeur. »Nach Boise, Idaho«, sagte Knatterton, »oder nach Billings, Montana.« – »Wie Sie wünschen«, brummte Boris, legte die Hand an die Mütze und gab Gas.

***

Das Flugzeug wartete mit rotierendem Propeller auf einem stillgelegten Autobahnabschnitt. Es war eine Piper Comanche, mit der die Pilotin Amelia Earhart in den Tod geflogen war, als sie ihr Ziel, das Howard-Atoll in der Südsee, verfehlend, ins Meer stürzte. »Kombiniere: Frau am Steuer«, dachte Nick Knatterton beim Anblick eines weiblichen Wesens mit Fliegerbrille, das ihm bekannt vorkam: Es war weder Elly Beinhorn noch Hanna Reitsch, sondern Nellie, seine Auftraggeberin. Beim Einstieg in die Pilotenkanzel sah er, wie Boris einen Koffer aufklappte, der einem Geigenkasten ähnelte, die Kalaschnikow herauszog und eine Salve abfeuerte, deren Kugeln ihm links und rechts um die Ohren sausten. »Keine Sorge«, sagte Nellie und ließ ihren Sicherheitsgurt einrasten. »Das ist die russische Art, guten

Flug zu wünschen – Hals und Beinbruch sagte man früher!«
»Kombiniere: Growian«, dachte Nick Knatterton: Der Windpark im Wattenmeer glitt unter ihm vorbei, und ein Containerhafen kam in Sicht, vor dem ein Supertanker andockte, während das Flugzeug rasch an Höhe gewann und in den Jetstream einschwenkte, der es ohne sein Zutun über den Nordatlantik schleuste. Früher hatte der Passatwind dies getan – nur dass es zu Kolumbus' Zeiten noch keine von Möwen umflatterte Ölbohrplattformen gab, die im Festlandsockel eingeschlossenes Gas abpumpten und die sich nähernde Küste ankündigten – Fracking hieß der Fachausdruck dafür.
Nick Knatterton spürte erst jetzt, wie müde er war, und glitt von REM-Schlaf genanntem Schlummer hinüber in tiefen Schlaf. Das letzte Bild, das ihm vor Augen stand, war die Skyline von New York, an der in diesem Moment ein Hochhausturm explodierte, nein implodierte und in Feuer und Rauch versank. Doch Knatterton war sich nicht sicher, ob er die Szene nur geträumt oder mit eigenen Augen gesehen hatte.
Als er aus der viel zu langen Siesta erwachte – normalerweise genügten ihm wenige Minuten Schlaf, aber Nellie hatte ein Betäubungsmittel in seinen Kaffee gemixt –, lag unter ihm eine gezackte Bergkette. »Kombiniere: Rocky Mountains«, dachte Nick Knatterton, während die Maschine zum Sinkflug überging, auf der Piste aufsetzte und unter einem Transparent mit der Aufschrift *Idaho – Famous Potatoes* zum Stillstand kam.
Der Jetlag hatte sein Denken verwirrt, und Knatterton sann vergeblich darüber nach, ob zu dem Truck Driver Breakfast, das er einst verzehrt hatte, auch Kartoffeln gehörten, Potato Wedges oder Potato Skins? Doch der Truck Stop existierte

nicht mehr, und *Mama's Place*, so hieß die Cafeteria, hatte einem Alkoholladen mit Sex-Shop Platz gemacht, weil Pornographie in Idaho nur außerhalb der Stadtgrenzen legal war. Reizwäsche und Dildos in allen Farben und Formen hatten Eier mit Bacon und Pfannkuchen mit Sirup verdrängt, und wem Hochglanzmagazine, Fotos und Filme nicht genügten, der konnte in einer Videokabine oder im Motel nebenan auf seine Kosten kommen.

»Kombiniere: *suum cuique*«, dachte Nick Knatterton und fragte sich, wieso Boris ihm den Wagenschlag öffnete und auf welch wundersame Weise der Fahrer mit seinem Bentley oder Rolls-Royce von Europa hierher gelangt war? »Das lassen Sie meine Sorge sein«, sagte Nellie, als habe sie seine Gedanken erraten: »Machen Sie sich keinen Kopf!«

***

Laut Knattertons Schulatlas war Billings nur 750 Kilometer von Boise entfernt – ein Katzensprung im Westen Amerikas. Aber Boris' Geographiekenntnisse stammten aus der Zeit, als das damals zum Zarenreich gehörige Alaska bis San Francisco reichte. Ein satellitengestütztes Navigationssystem gab es noch nicht, und Nellie betätigte sich als Navigator, während Knattertons Computergehirn die Entfernungsangaben umrechnete von englischen Meilen in russische Werst. Im Yellowstone Park – oder war es der Yosemite-Nationalpark? – wurden sie von einer Büffelherde aufgehalten, bei der es sich auch um Grizzly-Bären oder Indianer auf dem Kriegspfad handeln konnte – das war im Dämmerlicht nicht zu erkennen. Erst nach Einbruch der Dunkelheit trafen sie in Billings ein, und Knatterton rieb sich ungläubig die Augen, als er sich in der Lobby des Holiday Inn – alle Hotels in diesem Teil der Welt heißen Holiday Inn – von Aliens umringt sah, die statt Mützen oder Hüten ausziehbare Antennen trugen. Sie hatten spitz zulaufende Ohren und Schwimmhäute an Händen und Füßen, und verglichen mit Außerirdischen kamen ihm die Elvis-Imitatoren wie harmlose Chorknaben vor. »Kombiniere: ein UFO-Kongress«, dachte Knatterton, und Nellie bestätigte die Richtigkeit seiner Vermutung. Alle Tagungsteilnehmer, sagte sie, hätten Sichtungen und/oder Landungen fliegender Untertassen erlebt, die US Air Force habe ihre Meldungen registriert, und eine Hobbyforscherin aus Lubbock, Texas, setzte hinzu, sie sei von Marsmenschen vergewaltigt, seziert und geklont worden, bevor ihre Entführer sie auf einer Kuhweide aussetzten. »Beweise«, rief Knatterton über die Köpfe der freudig erregten Menge hinweg, »ich will Beweise sehen!« Lähmendes Schweigen und ungläubiges Entsetzen breiteten sich aus. – »Das hätten Sie nicht sagen sollen«, raunte Nellie ihm zu: »Der UFO-Glauben ist eine Offenbarungsreligion wie das *Buch Mormon* oder die *Die Weisen von Zion*« – der Rest des Satzes ging in Trampeln und Zischen unter, das Knattertons Tabubruch galt, sich steigernd zum Donnerwetter, das sich über seinem Haupt entlud, während Boris ihm mit Boxhieben einen Weg ins Freie bahnte.

***

You ain't nothing but a hound dog
Cryin' all the time
You ain't nothing but a hound dog
Cryin' all the time.
Well, you ain't never caught a rabbit
And you ain't no friend of mine.

Nick Knatterton war sich keiner Schuld bewusst, aber trotzdem bezog er den Liedtext auf sich: Warum hatte er sich in eine Diskussion über fliegende Untertassen eingemischt? Und was suchte er im Wilden Westen der USA

auf den Spuren eines Elvis-Imitators, dem seine Frau abhandengekommen war oder umgekehrt? Noch schwieriger zu beantworten war die Frage, ob der Song, den er soeben gehört hatte, aus einer Musikbox schallte oder nur in seinem Kopf erklang? Sicher war jedoch, dass es sich um keine spätere Aufnahme handelte, sondern um die Originalversion, eingespielt im Juli 1956 im RCA-Studio New York mit *Don't be cruel* auf der Rückseite. Oder drang die Musik aus der stillgelegten Autowaschanlage neben dem Holiday Inn, wo gebrauchte oder gestohlene Wagen ausgebeult und umgespritzt wurden? Er drückte die Türklinke nieder und sah auf einen Blick, dass kein geklonter, sondern der echte Elvis vor ihm stand. Er trug einen blauen Overall und hantierte mit dem Schraubenzieher am rostigen Nummernschild eines auf Hochglanz polierten rosa Cadillac. »Mit wem habe ich die Ehre?« – »Mein Name ist Elvis Aaron Presley, und ich bin Tankwart von Beruf. Und wer sind Sie?« Nick Knatterton nannte seinen Namen, aber kein Zeichen des Wiedererkennens huschte über das von buschigen Koteletten umrahmte Gesicht. Erst als er den Geigenkasten aufklappte und *Hound Dog* intonierte, schürzte Elvis die Lippen und sang die zweite Strophe:
Well, they said you was high classed
Well, that was just a lie
Well, they said you was high classed
Well, that was just a lie
You ain't never caught a rabbit
And you ain't no friend of mine.
Und wieder hatte Nick Knatterton das schwer abweisbare Gefühl, dass der Songtext sich nicht auf einen Hund, sondern auf seine Person bezog.

***

Gab es einen Unterschied zwischen Bankkonten, Banknoten und Bahnknoten? Oder zeigte die je unterschiedliche Schreibweise keine Differenz in der Sache an? Diese Frage drehte sich wie eine kratzende Schallplatte in seinem Kopf, als Nick Knatterton, übernächtigt und unrasiert, unter die Dusche trat, um sich den Staub und Schweiß der Reise von den Poren zu spülen. Vorher hatte er seine schmutzigen Hemden in die Waschmaschine gestopft und hörte, während er Achselhöhlen und Schamhaare mit Duschgel einseifte, wie die Waschmaschine von Vorwäsche auf Hauptwäsche schaltete, ein sanftes Poltern, das einschläfernd wirkte und ihn noch müder machte, als er schon war – *Jetlag* war das richtige Wort dafür. Aber an Schlaf war nicht zu denken, denn im selben Augenblick sträubten sich seine Nackenhaare, und er fühlte einen Juckreiz am Skalp, der nichts Gutes verhieß. »Einmal dem Fehlläuten der Nachtglocke gefolgt – es ist niemals gutzumachen«, dachte Knatterton und streifte, ohne sich abzutrocknen, den Bademantel über, um in seinem Arbeitszimmer nach dem Rechten zu sehen. Doch der Entschluss kam zu spät, denn der Einbrecher – wenn es denn einer war – hatte es sich in seinem Büro bequem gemacht, die in Turnschuhen steckenden Füße vor sich auf dem Tisch. Sein Gesicht lag im Schatten, und der Schein der Schreibtischlampe fiel auf das Mündungsrohr der Waffe, die er auf Knatterton richtete: keine Winchester 64, kein Colt 45 und keine AK-47, sondern ein deutsches G-3-Gewehr, das Old Shatterhands Bärentöter an Durchschlagskraft übertraf – ganz zu schweigen vom Henry-Stutzen.

»Wer sind Sie, was wollen Sie von mir?«

Knatterton hatte mehr als einmal dem Tod ins Auge geblickt, und weil Panik im Angesicht der Gefahr der schlechteste Ratgeber ist, bewahrte er eine schier übermenschliche Ruhe. Er setzte sein Computergehirn in Gang, dessen Schaltkreise hörbar knackten, während er einen Ausweg suchte aus der brenzligen Situation: Ein Hechtsprung durchs Fenster schied ebenso aus wie ein Kinnhaken oder ein Karateschlag, und mehr als der mögliche Fluchtweg beschäftigte ihn die Frage, wen er vor sich hatte: Boris hatte ihn gerade erst vor der Haustür abgesetzt, Nellie war in New York geblieben, um als Alleinerbin ihres für tot erklärten Mannes anerkannt zu werden, und Mackie Messer saß dort, wo er hingehörte, hinter schwedischen Gardinen. Die Behörden hatten dem Verbrechersyndikat den Krieg erklärt, und um Knatterton einen Gefallen zu tun, zog Becker-Becker den Gangsterchef vorübergehend aus dem Verkehr.

»Wer sind Sie? Wer schickt Sie zu mir?«

»Mein Name tut nichts zur Sache. Meine Auftraggeber wünschen, anonym zu bleiben. Ich darf ihre Namen nicht preisgeben – das wäre zu riskant!«

»Vielleicht liegt ein Irrtum vor. Woher wissen Sie, dass Sie an der richtigen Adresse sind?«

»Ein Irrtum ist ausgeschlossen!« Der Fremde zog einen Zettel aus der Brusttasche, strich ihn glatt und las laut vor, ohne sein Gegenüber aus den Augen zu lassen: »Nick Knatterton alias Manfred Schmidt aka HC Buch. Die Adresse stimmt, mein Navigator hat mich hergeführt, und die Software ist auf dem letzten Stand.«

»Auch Computer können sich irren.«

»Kommen Sie mir nicht auf die Tour. Ich kenne Sie aus den Medien. Irrtum ausgeschlossen – ich sagte es schon!«

Sie sind Kopfgeldjäger?

So könnte man es nennen.

Man schickt Sie zu mir, um mich zu töten. Habe ich recht? Und warum, wenn ich fragen darf?

Selbst wenn ich es wüsste, dürfte ich es Ihnen nicht sagen.
Sie wiederholen sich.
Also gut: Sie wissen zu viel!
Was soll das heißen?
Ich hörte zufällig, wie mein Boss vor sich hinmurmelte: Knatterton weiß zu viel. Nur drei Worte, aber sehr bedeutungsschwer. Ein Todesurteil – was ich Ihnen sage, kann mich den Kopf kosten!
Sparen Sie sich das Selbstmitleid. Wer ist Ihr Boss?
Ich rede mich um Kopf und Kragen, und Sie fragen mir Löcher in den Bauch. Ich bin es, der hier Fragen stellt!
Nur zu!
Was haben Sie in Amerika gemacht?
Das ist ein Berufsgeheimnis, das ich nicht enthüllen darf. Als Privatdetektiv unterliege ich der Schweigepflicht – wie ein Pastor oder ein Arzt.
Ich kenne eine wirksame Methode, Sie zum Sprechen zu bringen. Nichts leichter als das!
Pure Zeitverschwendung. Töten Sie mich lieber gleich!
Das verstößt gegen die Berufsehre: Wenn ich einen Job vermassele, muss ich hinterher dafür geradestehen. Ich hoffte, Sie kommen mir entgegen und sind kooperativ!
Haben Sie den Namen Tyrker schon mal gehört?
Sie meinen den Mittelstürmer von Galatasaray Istanbul?
Weit gefehlt! Tyrker ist ein Landsmann von mir, ein Rheinländer genauer gesagt, und er war am Vinland-Debakel schuld. Man kann auch Schlamassel dazu sagen.
Ich verstehe nur Bahnhof!
Also gut. Ich erzähle Ihnen die Geschichte von Anfang an, einschließlich der zum Verständnis unerlässlichen Nuancen und Details.
Ich habe nicht viel Zeit, lassen Sie die Einzelheiten weg.
Genau das hat Friedrich der Große zu Casanova gesagt, als

er mit ihm im Park von Sanssouci spazieren ging: Erzählen Sie mir, wie Sie aus den Bleikammern in Venedig flohen, aber ohne die Details. – Ohne Details, sagte Casanova, hört sich die Geschichte so an: An dem und dem Tag floh Giacomo Casanova aus den Bleikammern. Die in einer Bibel versteckte Feile, das Loch im Dach, der betende Mönch, der Casanova für einen Engel hielt – all das fällt in der Kurzfassung weg.

Schießen Sie los!

Wie denn – ich habe keine Waffe zur Hand.

Es juckt mich in den Fingern, und wenn Sie mich länger auf die Folter spannen, drücke ich ab!

Das Wort Folter trifft wohl eher auf mich zu. Ich fühle mich wie Scheherezade, die dem Sultan Geschichten erzählt, um den Aufschub der Hinrichtung zu erwirken.

Ich verstehe kein Wort!

»Sei's drum.« Durch dieses Nadelöhr fädelte Nick Knatterton den mit der Zungenspitze befeuchteten Zwirnsfaden seiner Erzählung ein.

***

Nicht Christoph Kolumbus hat Amerika entdeckt, sondern ein gewisser Tyrker, der, wie sein Name besagt, deutscher Abstammung war. Tyrk ist eine Sonderform des Wortes *tysk* – vielleicht handelt es sich um den Schreibfehler eines irischen Mönchs, der nur gebrochen altnordisch sprach. Tyrker lebte 500 Jahre vor Kolumbus, unter König Olaf Tryggvasson, dem Nachfolger von Jarl Hakon, der 987 die Jomsburgwikinger schlug. Er musste Norwegen verlassen, weil er im Streit einen Mann getötet hatte, und ließ sich zuerst auf Island und dann in Grönland nieder, in Brattahlid, das heute Kagsiarsuk heißt. Nein, ich korrigiere mich: Es war Erik der Rote, der Vater von Leif Eriksson, der Tyrker als Sklaven kaufte oder kidnappte, als er auf Kaperfahrt den Rhein hinabfuhr auf der Suche nach dem Burgunderschatz, der dem Vernehmen nach an der Loreley versenkt worden ist. Tyrker war christlich getauft zu einer Zeit, als die Nordmänner noch Heiden waren und Odin opferten, das heißt, er konnte Lateinisch lesen und schreiben und verstand etwas vom Weinanbau. Die Landnamasaga beschreibt ihn als buckligen Zwerg, breitschultrig und bärenstark, und vergleicht sein Gesicht mit einer Felsklippe samt hängender Unterlippe und buschigen Augenbrauen, in denen Seeschwalben nisten. Erik der Rote hatte ihm die Erziehung seines Sohnes anvertraut, weil Tyrker Bücher gelesen hatte und mehr wusste über den Lauf der Welt als die Wikinger, deren Leben nur aus Raufereien und Saufereien bestand.

In der Zeit, von der ich spreche, war Grönlands Klima milder als heute. Die Flüsse waren fischreich, an den Ufern der Fjorde wuchs Gras, auf dem Shetland-Ponys und aus Island mitgebrachte Kühe weideten, die Siedler pflanzten Gerste und Roggen an und lebten von Milchwirtschaft, Fischfang und Jagd. Aus Tyrkers Sicht aber, der zwischen Weinbergen und römischen Ruinen am Rhein aufgewachsen war und von den Nordmännern als Südländer angesehen wurde – aus Tyrkers Sicht war Grönland ein Verbannungsort am Ende der Welt, unwirtlicher als Ovids Exil am Schwarzen Meer, und in langen Winternächten, während der Schneesturm an den Pfosten des Langhauses rüttelte, wurde er nicht müde, den ums Feuer versammelten Recken von Vinland zu erzählen: So nannte er seine rheinische Heimat, wo statt Bier oder Met der Wein in Strömen floss. »Und wo liegt dieses paradiesische Land«, wollte Leif Eriksson wissen. Tyrker deutete in südwestliche statt in südöstliche Richtung – kein Wunder bei der ringsum herrschenden

Dunkelheit! Vom Gerstensaft aufgeputscht, machte er sich anheischig, ein mit Kriegern bemanntes Drachenboot nach Vinland zu lotsen, und lud alle Anwesenden ein, sich dem Beutezug anzuschließen, sobald die das Meer verhüllende Eisdecke bersten und das Gletschereis tauen würde. »Topp, die Wette gilt«, rief Leif Eriksson und besiegelte per Handschlag die Abmachung, mit Tyrker als Lotsen gen Westen zu segeln:

Soweit Falke fliegt, Wind weht, Regen rauscht
Soweit Föhre wächst, Feuer flammt, Flur grünt
Soweit Sonne scheint, Wasser strömt, Schiff schwimmt!

Die Anwesenden schworen, Tyrker Gefolgschaft zu leisten, aber das war leichter gedacht als getan, denn das Wetter legte der Vinlandfahrt Hindernisse in den Weg. Das Eis brach einen Monat später als im Jahr zuvor, und statt des Südwinds, der die Gletscher tauen lässt, wehte ein steifer Nordwest und trieb die Flotte statt ins offene Meer zur Küste zurück. Endlich riss die Wolkendecke auf, und durch die sich öffnende Fahrrinne segelten die Drachenboote den Eriksfjord hinab und verschwanden in einem Hagelschauer, der die am Ufer winkenden Frauen und Kinder in die Häuser zurücktrieb. Die Männer murrten beim Anblick der groben See, die eiskalte Gischt in die offenen Boote schleuderte, aber Tyrker erinnerte sie an ihren Gefolgschaftseid und malte das Ziel der Reise in glühenden Farben aus: In Vinland, versprach er, gäbe es Wein und Brot, Milch und Honig, Bauholz und Brennholz im Überfluss. »Feuer kann wärmen, aber auch zerstören«, sagte Thorfinn, der Schmied, zu seinem Halbbruder Leif Eriksson, der, ins Fell eines von ihm erlegten Eisbären gehüllt, in den bleigrauen Himmel starrte: »Im Traum sah ich eine dunkle Wolke über deinem Haupt, und deine Hände waren rot von Blut«, aber Leif zerstreute seine Besorgnisse mit Hinweis auf das eiserne Kreuz, das er

an einer Kette um den Hals trug: Christus sei mächtiger als Odin, und die Schiffsmannschaft stehe unter seinem Schutz. Wussten Sie, dass die Worte Kajak und Anorak aus der Sprache der Eskimos stammen, die politisch korrekt Inuit heißen? Und entsinnen Sie sich des Hollywoodfilms *Die Wikinger*? Während der Dreharbeiten in Norwegen wettete Kirk Douglas, dass es unmöglich sei, auf einem Drachenboot den Atlantik zu überqueren. Er verlor die Wette, und im Sommer 1958 lief ein Wikingerschiff mit norwegischer Crew in den Hafen von New York ein.
Hmh.
Im Film werden den Wikingern Birkhühner aufgetischt, deren Schenkel sie angebissen hinter sich werfen, aber die Wirklichkeit sah anders aus. Auf der wochenlangen Seefahrt lebten sie von Stockfisch und Pökelfleisch, Hafergrütze und Hirsebrei, mit Met oder Bier gefüllte Trinkhörner machten nur bei Hochzeiten oder Siegesfeiern die Runde. Und die Kleidung der Nordmänner war wenig spektakulär: Statt Kettenhemden und mit Hörnern gespickten Helmen trugen sie Mützen und Überröcke aus grobem Stoff; archäologische Grabungen förderten an Dante und Petrarca erinnernde Kapuzen zutage und burgundische Filzhüte im Stil Karls des Kühnen, die im Permafrost Jahrhunderte überdauert hatten.
Hmh.
Was soll das heißen?
Die Zeit läuft ab – wenn Sie nicht zur Sache kommen, raste ich aus!
Haben Sie noch etwas Geduld! Rom wurde nicht an einem Tag erbaut, und wir nähern uns dem angesteuerten Ziel.
Nach einwöchiger Überfahrt kam Land in Sicht: keine mit Robben gesprenkelte Eisscholle, keine von Möwen umkrächzte Felsklippe und keine baumlose Einöde, wo

Polarfüchse und Schneehasen sich gute Nacht sagen, sondern ein grüner Streifen am Horizont, der sich im Näherkommen als halbmondförmige Bucht erwies, sanft ansteigend vom steinigen Strand zu bewaldeten Hügeln, auf denen Nadel- und Laubbäume wuchsen, überragt von blauen Bergen, über die Wolkenschatten wanderten. Tyrker befragte das Orakel, vorab die Runen, denen die Mannschaft mehr vertraute als der Heiligen Schrift: »Dem Drachen gesellt, den Seehengst wir ritten / doch der Met wollte Odin nicht munden / denn besser als Bier schmeckt ihm Wein«. Danach beschwor er das christliche Kreuz, weil doppelt genäht besser hält: »Unsere Fahrt schützt Christus / der Prüfer der Mönche / mit starker Hand / die den Jagdfalken hält.«
Die Antwort des Orakels ließ keinen Zweifel zu, dass sie das Ziel der Reise erreicht hatten. Dunkle Schatten auf der gerippten Oberfläche zeigten eine Fahrrinne an, durch die bei Ebbe abströmendes Wasser dem Meer zufloss, und sie sahen voller Freude den Mündungsarm eines Flusses, der, aus den Wäldern kommend, entwurzelte Bäume auf den Strand spülte. Ein kurzer Befehl, und das Rahsegel rauschte hinab, während der Kiel durch körnigen Sand knirschte. Das Drachenboot war auf Grund gelaufen, doch das war kein Grund zur Panik, die Flut würde es wieder flottmachen. Der Anker klatschte ins flache Meer und übersprühte die Ruderer mit Salzwasser, und Leif sprang als Erster von Bord, gefolgt von Thorfinn, der Tyrker trockenen Fußes an Land trug, als sei er der heilige Christophorus mit dem Jesuskind im Arm.
»Dies ist das Paradies auf Erden«, sagte Tyrker und deutete auf den in der Sonne glitzernden Fluss, aus dem fette Lachse sprangen, und den dunkelgrünen Wald, aus dem silbergraue Stämme leuchteten. »Ich habe nicht zu viel ver-

sprochen«, fügte er, zu Leif Eriksson gewandt, hinzu und streichelte mit den Fingerspitzen das saftige Gras, das sich, vom Seewind gewellt, von den Dünen zum Waldrand hinzog. »Schade, dass wir kein Vieh an Bord haben – hier könnte es das ganze Jahr über weiden. Und wir könnten Holzhäuser errichten, besser als die feuchtkalten Steinbauten in Grönland. Hier sollten wir überwintern!«

»Und woraus schließt du, dass wir in Vinland sind?«

»Schau dir die Bäume an: kein kümmerliches, windzerzaustes Gestrüpp wie auf Island, sondern Laubwälder mit Eichen und fünffingrigem Ahorn. Hier gibt es keine ewige Nacht und keinen immerwährenden Tag, sondern wechselnde Jahreszeiten wie in meiner Heimat am Rhein. Nachts steht Orion am Himmel, der durchs Wasser watende Thor, an dessen Gürtel Loki sich klammert, den die Römer Sirius nannten. Demzufolge sind wir in einem südlichen Land.«

»Schön und gut, aber legt die Waffen nicht aus der Hand! Wir schlagen die Zelte erst auf, wenn wir sicher sind, dass kein Feind sich im Wald verbirgt!«

Bautrupps wurden losgeschickt, um am Waldrand Holz zu schlagen und freies Schussfeld zu schaffen für die als Wachen postierten Bogenschützen; Jagd- und Spähtrupps durchkämmten die Umgebung und kehrten nach kurzer Zeit mit einem Hirschkalb als Beute zurück, ohne auf Spuren von Menschen zu stoßen. In der Zwischenzeit hatte die Flut das Drachenboot flottgemacht, und das in der Bucht ankernde Versorgungsschiff konnte entladen werden. Zeltstangen und Zeltbahnen, zu Bündeln verschnürte Schlafsäcke und Schafspelze, Schwerter und Schilde wurden aus dem Beiboot gehievt, Fässer an Land gerollt und Seekisten ans Ufer geschleppt. Axthiebe und Hammerschläge übertönten das Lodern der Flammen und das

Sieden des Fetts in Kesseln und Pfannen, in denen frisch gefangene Lachse schmorten, und grünes Leuchten zuckte übers Meer; zwischen blutroten Wolken ging die Sonne unter, und aus Niederungen wallte Nebel, der, mit würzigem Rauch vermischt, den Nordmännern in die Nase stieg. Dies war ihre erste Nacht in Vinland, und keiner von ihnen ahnte, dass sie nicht am Rheinufer kampierten oder am Gestade des Mittelmeers, sondern auf einem unbekannten Kontinent, der auf den Weltkarten der Araber nicht verzeichnet war.

***

Wochen und Monate vergingen, und die Kundschafter dehnten ihre Streifzüge immer weiter aus, ohne auf menschliche Ansiedlungen zu treffen; nur Elche und Bären kreuzten ihren Weg, Adler kreisten über ihren Köpfen, und graue Eichhörnchen blickten mit glänzenden Knopfaugen auf sie herab. Aus Holz gezimmerte Hütten hatten die Zelte verdrängt, und Leif ließ eine Anlegestelle bauen, um das Drachenboot auf die Böschung zu ziehen, mit Pech zu kalfatern und Schäden am Schiffsrumpf zu beheben. Das Laub der Bäume färbte sich goldgelb, aus dem Waldboden sprossen Beeren und Pilze, die die Männer aus Furcht vor Vergiftung nicht aßen, und der Koch hatte alle Hände voll zu tun mit dem Räuchern von Hirschkeulen und Bärenschinken, um sich für den Winter zu rüsten.
Der Wind drehte sich, und nach einer frostklaren Nacht, die den Boden mit Raureif überzog, fehlte Tyrker beim Morgenappell und war weder in seiner Hütte noch im Bootsschuppen zu finden. Leif schickte Suchtrupps aus, weil das Verschwinden des Rheinländers ihm als böses Omen erschien, aber die von Hunden aufgenommene Spur endete an einem Bach, durch den Tyrker gewatet war,

und erst Stunden später meldete eine Dienstmagd, die vor Aufregung kein verständliches Wort herausbrachte, sie habe den Gesuchten entdeckt, weit weg vom Lager auf einer Lichtung. Sein Schnarchen hatte sie zu ihm geführt; obwohl die Sonne hoch am Himmel stand, lag Tyrker in tiefem Schlaf, umgeben von Füchsen, die Salz oder Blut von seinen Fingern leckten und sich erst entfernten, als die Magd in die Hände klatschte. Violette Beeren, über Nacht gefroren und dann aufgeplatzt, wuchsen ihm in den Mund, und hüfthohe Sträucher, behangen mit prallen Früchten, die an die Weintrauben seiner Heimat erinnerten, hatten ihn festgehalten an dem entlegenen Ort. Zusammen mit der Magd, die ihm beim Pflücken half, füllte er einen Korb mit Beeren und kehrte zum Lager zurück, wo er, nüchtern geworden, Leif Eriksson Bericht erstattete: Ein smaragdgrüner Schmetterling habe ihm den Weg gewiesen zu einer Waldlichtung, auf der wilder Wein wuchs. Damit sei der Beweis erbracht, dass sie Vinland erreicht hätten und dass Jesus Christus stärker sei als Odin. Und er schlug vor, dem Allmächtigen zu danken mit einem Gottesdienst, bei dem er jedem, der dies wünsche, das Abendmahl reichen werde.

»In der Schule brachte man uns bei« – mit diesen Worten leitete Nick Knatterton zum Schluss seiner Erzählung über –, »die Pilgerväter der *Mayflower* hätten auf amerikanischem Boden das erste Erntedankfest gefeiert, aber in Wirklichkeit geschah das schon 500 Jahre früher. Leif Eriksson hatte einen kapitalen Elch erlegt, der so schwer war, dass er von vier Männern zum Lagerplatz geschleift werden musste, in Kochtöpfen garte in Teichen und Seen sprießender Wildreis, in Pfannen brutzelten Pilze und in Kupferkesseln gärten Trauben, die Tyrker gekeltert hatte und denen der Frost prickelnde Süße beifügte – *Eiswein* nannte er das. Niemand achtete auf drei am Waldrand sichtbare Federhauben, die keiner den Wikingern bekannten Vogelart angehörten – von Weißkopfseeadlern hatten sie noch nie gehört.

Die Tafel bog sich unter den Früchten des Landes, die sie auf Feldern und Wiesen, an Fluss- und Seeufern gesammelt, mit Netzen gefangen oder im Wald erlegt hatten: Geflügel, Fleisch und Fisch, Krebse und Muscheln, Nüsse und Obst, und Tyrker sprach ein Dankgebet, das eher wie eine Tischrede klang und von den Anwesenden Wort für Wort wiederholt wurde: Atta unsar / thu in himinam / veihnai namo thein / quimai thiudinassus theins / sve in himina jah ana airthai …« Nur Thorfinn hielt sich abseits und stimmte in den Chor nicht ein: Statt das Gebet nachzusprechen, blieb er seinem Namenspatron, dem alten Donnergott, treu und ließ den Waldrand nicht aus den Augen, denn dort hatte er eine verdächtige Bewegung bemerkt. Unterdessen rückte die Schlange der Wartenden vor, um aus Tyrkers Hand das Abendmahl zu empfangen, bestehend aus ungesäuertem Brot und frisch gekeltertem Wein nach dem Motto: *Solches tut zu meinem Gedächtnis.*

Wer aber beschreibt die Überraschung der Nordmänner, als drei mit Pfeilen und Bogen bewaffnete Männer aus dem Waldesdunkel traten und ihnen erhobenen Hauptes gegenüberstanden, selbstbewusst und respektvoll, aber ohne Anzeichen von Furcht. In Grönland und Labrador hatten sie kleinwüchsige Eskimos angetroffen, die sie verächtlich *Skrellinger* (Zwerge) nannten, doch die Fremden sahen eher wie Riesen aus, mit nackten Oberkörpern, unter deren bronzener Haut die Muskeln spielten; sie trugen hirschlederne Hosen, mit Stachelschweinborsten verziert, dazu Schuhe aus Marderfell, und ihr blauschwarzes Haar hing in Strähnen bis zu den Schultern herab. Der

größte der drei hatte seine Haare zu einem Knoten gewunden, in dem Adlerfedern steckten. Er schien der Anführer zu sein, und um zu beweisen, dass sie friedliche Absichten hegten, befahl er seinen Begleitern, ihre Waffen auf den Boden zu legen, mit Pfeilen gespickte Köcher, Bogen und Speere sowie Steinbeile mit polierter Klinge und gebogenem Schaft, die auch als Wurfäxte verwendet werden konnten. Dann zog er einen Dolch aus dem Gürtel – Thorfinn wollte zum Schwert greifen, aber Leif Eriksson signalisierte ihm, den Fremden gewähren zu lassen – und trennte ein verschnürtes Bündel auf, aus dem Otter- und Biberpelze quollen, gewickelt in Decken aus Büffel- und Bärenfell – Pelzwerk edelster Sorte und bester Qualität.
Der Häuptling schritt die Reihen der Wikinger ab; vor Thorfinn blieb er stehen und nahm ihm das Schwert aus der Hand; der Schmied runzelte die Stirn, aber Leif forderte ihn auf, Ruhe zu bewahren, während Zwei Adler – so hieß der Anführer der Micmac-Indianer – mit der Handfläche über die Klinge fuhr und seinen blutenden Daumen mit einem Aufschrei wieder zurückzog. Die Spannung entlud sich in befreiendem Gelächter, in das auch die Fremden einstimmten, die Wunde des Häuptlings wurde versorgt, und Tyrker reichte Zwei Adler und seinen Begleitern das Abendmahl, bestehend aus Fladenbrot und Messwein, der ihnen vorzüglich schmeckte. Sie verlangten mehr, und der Tauschhandel ging über in ein Saufgelage, in dessen Verlauf die Rothäute ihre ursprüngliche Absicht, Pelze gegen Waffen zu tauschen, vergaßen.
Vom Rebensaft berauscht, sanken sie zu Boden, Arm in Arm mit den Wikingern, die lallend die Trinkhörner zum Munde führten, bis auch sie, vom Weingott besiegt, alle viere von sich streckten. Nur Tyrker war nüchtern geblieben; zusammen mit Thorfinn, auf den er sich beim

Gehen stützte, schritt er die Reihen der Schlafenden ab; vor dem Häuptling der Skrellinger blieb er stehen und verharrte in stummer Bewunderung beim Anblick von dessen breiter Brust, die sich ruhig atmend senkte und hob. Thorfinn forderte ihn zum Weitergehen auf, doch einer plötzlichen Eingebung folgend, wand Tyrker ihm das Schwert aus der Hand – als Knecht Eriks des Roten durfte er keine Waffe tragen – und stieß dem Schlafenden die Klinge ins Herz. Der Sterbende bäumte sich auf; durch sein Stöhnen geweckt, eilten die beiden Krieger ihrem Anführer zu Hilfe, und es entspann sich ein kurzer, heftiger Kampf, bei dem Thorfinn Tyrker das Schwert entwand und einen Angreifer tötete, während dem zweiten die Flucht gelang.

»Du hast doppelt gefrevelt«, sagte Thorfinn, »aber ich will Gleiches nicht mit Gleichem vergelten, weil unschuldig vergossenes Blut nicht nur das Schwert, sondern auch dessen Träger entehrt. Das Gastrecht ist heilig, es gilt für Christen wie Heiden, sogar für Skrellinger, und durch deine Unbedachtheit hast du uns die Ureinwohner zum Feind gemacht!«

Thorfinns Worte bewahrheiteten sich schneller als befürchtet: Am nächsten Morgen war die Flussmündung schwarz von Kanus, deren Insassen mit Wolken von Pfeilen die Sonne verdunkelten. Die Nordmänner rieben sich den Schlaf aus den Augen und duckten sich hinter ihre mit Eisen beschlagenen Schilde, deren Phalanx dem Pfeilhagel trotzte. Sie wehrten die erste Angriffswelle ab und rückten in Keilformation vor, bis der Feind sich in Reichweite ihrer Schleudern und Armbrüste befand und Leif Eriksson den Befehl zum Gegenangriff ab. Ein Regen von Wurfgeschossen ging auf die Skrellinger nieder, gefolgt von Äxten und Speeren, die Rothäute liefen schreiend zu ihren Kanus zurück und suchten ihr Heil in der Flucht. Die Uferböschung war übersät mit Toten und Verwundeten, doch die Wikinger hatten nur einen Verletzten zu beklagen. Es war Tyrker: Ein Pfeil hatte den Harnisch durchschlagen und sich durch eine Öse des Kettenhemds in seine Brust gebohrt. »Schwerter blutig schneiden«, sagte der Sterbende zu Leif Eriksson, den Kopf an die Schulter seines Ziehsohns gelehnt: »Mit wildem Pfeilsturm / Schlachtgetümmel erwacht / Schild schützt Krieger / Alle außer Tyrker / Bittrer Tod ihm beschieden.«

Und er bat Leif, ihn auf dem die Bucht überragenden Berg unter einem christlichen Kreuz zu bestatten. Sein Wunsch wurde erfüllt, obwohl der von Tyrker gekelterte Wein schuld war am Scheitern des Vinland-Projekts, das mit der Rückkehr der Flotte nach Grönland vorzeitig endete.

Der Rest der Geschichte ist bekannt. Im Sommer 1963 grub der norwegische Amateurarchäologe Helge Ingstad bei *Anse aux Meadows*, einem Fischerdorf in Neufundland, die Fundamente eines Langhauses aus, umgeben von Wohnstätten, deren verkohlte Überbleibsel er ein Jahr zuvor entdeckt und freigelegt hatte. Die Datierung der Funde – Tonscherben und Schlacken – durch Radiokarbon-Tests ergab, dass die Siedlung, einschließlich einer Schmiede zum Anfertigen von Schiffsnägeln, um das Jahr 1000 erbaut und bald wieder verlassen worden war.

***

Ein Moment der Unachtsamkeit hatte Nick Knatterton genügt, um sich auf den Fremden zu stürzen mit wehendem Bademantel, dessen Gürtel ein S in die Luft schrieb. Er entwand ihm das Gewehr und richtete es auf den Einbrecher.

Nellie! Sie sind mir eine Erklärung schuldig. Wozu die Maskerade?

So spricht man nicht mit einer Dame!
Sehr richtig! Aber Damen brechen nicht in Detektivbüros ein und bedrohen Gesetzeshüter mit Schusswaffen. Wer ist Ihr Auftraggeber?
Ich weiß nicht, wovon Sie reden?
Von *His*, nein: *Her Master's Voice*. Oder ist es die Stimme Amerikas?
Knatterton griff zum Mikrophon und sang, diesmal ohne Violin-Begleitung:
Baby, if I made you mad
For something I might have said
Please let's forget the past
The future looks bright ahead
Don't be cruel to a heart that's true
Ein Scheinwerfer schaltete sich ein und beleuchtete zwei an den Wimpern zitternde Tränen in Nellies Gesicht. Sie klatschte Beifall, aber der Applaus wurde übertönt von einer Durchsage, die von überall und nirgendwo zu kommen schien:
»Hier spricht Becker-Becker! Das Haus ist von Polizei umstellt, Widerstand zwecklos! Lassen Sie zuerst die Geisel frei, und treten Sie dann mit erhobenen Händen vor die Tür! Das Spiel ist aus – Ende der Durchsage!«

# Drittes Buch:
# ABTRETENDE ARTISTEN

## Eismann, kehr wieder!

Mein Name ist Ötzi, auch Mann vom Hauslabjoch oder Mumie von Similaun genannt, und ich bin 5300 Jahre alt. Genauer gesagt, ich starb 3210 vor Christus 3210 Meter über dem Meer zwischen Ötztal und Schnalstal, genauer gesagt in einer Senke am Tisenjoch, wo zwei Bergwanderer aus Nürnberg im September 1991 eine tiefgefrorene Leiche entdeckten, deren Schädel aus dem von der Sonne erwärmten Gletschereis ragte. Obwohl ich gründlicher als andere Tote – ausgenommen Ramses II. und Tutanchamun – untersucht wurde bis hin zum Mageninhalt und Parasiten im Darm, und obwohl meine DNA abgeglichen wurde mit dem Erbgut heutiger Südtiroler, fiel den Koryphäen der Wissenschaft die Übereinstimmung der Meereshöhe mit dem Zeitpunkt meines Todes nicht auf; darum, wie um vieles andere, haben sich Verschwörungstheorien gerankt. Der englische Kirchenvater Beda errechnete als Weltschöpfungstag den 18. März 3952 vor Christus, ein Datum, das der Renaissancegelehrte Scaliger erheblich nach unten korrigierte, was mit dem Maya-Kalender (große Zählung) übereinstimmt: Demzufolge wurde die Welt erschaffen am Tag 4 Ahaw, 8 Kumtz'u, dem 13. August 3114 vor Christus.

An diesem prähistorischen Morgen saß ich auf einem Felsbuckel und öffnete meine aus Riedgras geflochtene Proviantasche, um ein aus Dinkelschrot bestehendes Frühstück zu mir zu nehmen, vermengt mit Fleischresten eines Steinbocks, den ich Tage zuvor erlegt hatte mit einem selbstgefertigten Bogen aus Eibenholz. Ich spürte Getreidekörner und Rückstände des Mahlsteins zwischen den Zähnen, als ein heftiger Schmerz meine linke Schulter durchzuckte und ich, hinter mich greifend, den Schaft eines Pfeils zu fassen bekam. Ich tastete nach meiner Streitaxt, einem Kupferbeil, um den in einer Schneeverwehung lauernden Angreifer niederzumachen, doch es war zu spät, ein Keulenhieb traf meine Stirn, und ich verlor die Besinnung.

Über die Umstände meines Todes sind ebenso viele Theorien in Umlauf wie über die Identität des oder der Täter und über Hintermänner und Auftraggeber des Mordkomplotts. Es stimmt nicht, dass die in meinem Schulterblatt steckende Pfeilspitze die darunterliegende Arterie ritzte und dass ich an inneren Blutungen starb. Auch der Tod durch Erfrieren scheidet aus, denn das Gletschereis war noch nicht von Blut gerötet, als es zu schneien begann und ein kühles Leinen- oder Leichentuch meinen Todeskampf den Blicken entzog. Hier kommt der Zeitfaktor ins Spiel, denn erst zehn Jahre nach meiner Auffindung wurde bei einer röntgenologischen Durchleuchtung die im Schulterblatt steckende Pfeilspitze entdeckt, die als Todesursache in Frage kommt. Vorher hatte der Extrembergsteiger Reinhold Messner mich als napoleonischen Grenadier oder Freischärler im Heer Andreas Hofers identifiziert, während seine Begleiter mich für einen im Ersten Weltkrieg aus deutscher Gefangenschaft geflohenen Engländer hielten.

Noch mehr Zeit verstrich, bis die Spur eines Keulenhiebs an der rechten Augenbraue diagnostiziert wurde, ein Schädeltrauma, das auch von der Felskante verursacht sein konnte, auf die mein Kopf im Sturz prallte. Einig waren die Forensiker sich hingegen, dass die Schnitt- und Kratzwunden an meinem Unterarm und Rücken mir nicht erst im Endkampf zugefügt wurden, sondern viel früher, vielleicht bei der Rauferei mit einem Bären, aus dessen Fell ich mir Fußwärmer und eine Pelzkappe nähte.

***

Fünftausend Jahre lang lag ich in einer windgeschützten Mulde, eine Nischenexistenz im wahren Sinne des Worts, während der mich umhüllende Eispanzer, ohne sich seitlich zu verschieben, sommers und winters weiterwuchs, in traumlosem Schlaf, der den von Erinnerungsfetzen und Gedankenblitzen durchzuckten REM-Schlaf ablöste. Was außerhalb der Felsnische geschah, kam mir nicht mal gerüchteweise zu Ohren: vom Bau der Cheopspyramide bis zu Alexander dem Großen und von Pontius Pilatus, der Jesus ans Kreuz schlagen ließ, bis zu den Kreuzzügen zur Befreiung des Heiligen Landes; und weiter von den napoleonischen Kriegen zum Ersten Weltkrieg, dessen Schlachtenlärm bis in die entlegensten Alpentäler drang. Doch ich wusste von nichts, als Strahlen der wiedererwachten Sonne meine Schädelkalotte erwärmten und die Gehirntätigkeit reaktivierten. Ich hörte die Stimmen eines Mannes und einer Frau, die mit Nürnberger Akzent: »Das ist die Härde« sagte – schon damals klang das Fränkische T wie ein D –, und wurde wachgerüttelt von einem Pressluftthammer, der beim Aufsprengen des Eispanzers meine Hüfte streifte. Ein Rettungshubschrauber der Bergwacht deponierte mich vor einer Grabkapelle, wo ein Sargtischler, vielleicht war es auch der Pastor, der mich für einen verunglückten Alpinisten hielt, mir beim Schließen des Sargdeckels den Oberarm brach. Erst Stunden später traf der telefonisch alarmierte Chefarchäologe des Innsbrucker Landesmuseums ein und rettete mir das Leben, sofern man das von einem Toten sagen kann, indem er meine aufgetaute Leiche davor bewahrte, an der für Selbstmörder und Protestanten reservierten Mauer verscharrt zu werden.

***

Hier kommt der Zeitfaktor wieder ins Spiel, denn Konrad Spindler – so hieß der Archäologe – hatte nichts Eiligeres zu tun, als mich einzufrieren, um meine sterblichen Überreste vor dem Zerfall zu schützen: Schon probeweises Antauen hatte mein Kopfhaar und Bart gelichtet. Ohne es zu wissen – das nehme ich zu seinen Gunsten an –, setzte er mein Gehirn außer Kraft, so dass ich das Zeitgefühl verlor und den Überblick über das, was wochen- und monatelang mit mir geschah. Ich wurde in Röhren geschoben, mit radioaktiven und Röntgenstrahlen durchleuchtet; Dentisten und andere Quacksalber feilten an meinem Gebiss herum, Mikrobiologen machten Abstriche von den intimsten Stellen meines Körpers und fanden heraus, dass ich an Zeckenborreliose, Laktoseunverträglichkeit und Fußpilzen litt. Ich fügte mich anstandslos, weil ich spürte, wie nach jeder CT-Untersuchung die Gehirntätigkeit zunahm, vielleicht infolge der Radioaktivität? Eines Nachts, als ich allein war mit ihm im Labor, fasste ich mir ein Herz und setzte dem Archäologen meinen Feuersteindolch an die Kehle – vielleicht war es auch die kupferne Streitaxt, mein wertvollster Besitz.

Ich sprach Ladinisch mit ihm, das älter ist als Latein oder Deutsch, aber wir redeten aneinander vorbei, weil er das C wie Z aussprach und nicht wie K. Ich wechselte ins Fränkische über und sah, wie sein Gesicht sich aufhellte bei dem Satz: »Das ist die Härde!« – »Das kann man wohl sagen«, sagte er und schob den Dolch zur Seite – oder war es die Klinge meiner Axt? »Was wollen Sie von mir?«

»Die Frage steht eher mir zu«, hörte ich mich sagen, »denn

ich habe mich niemandem aufgedrängt. Sie aber haben die Totenruhe gestört und mich aus fünftausendjährigem Tiefschlaf geweckt. Wer ist Ihr Auftraggeber?«

Meine Lebenszeit war begrenzt, wie die Leser wissen, und dies ist nicht der richtige Ort, das nächtliche Streitgespräch Wort für Wort wiederzugeben, zumal die Details des Disputs mir schon wieder entfallen sind. Nur so viel sei gesagt, dass Dr. Spindler einen Computerausdruck erstellte, der alle an der Bergung meiner Leiche beteiligten Personen und Institutionen auflistete. Vom Nürnberger Ehepaar Erika und Helmut Simon, denen die Provinz Alto Adige, zu deutsch Südtirol, einen Finderlohn von 175.000 Euro zusprach; vom Feldgendarm, der mir den Arm brach, bis zum Gerichtsmediziner, der meine Hüfte beschädigte, und weiter zu Konrad Spindler vom Landesmuseum in Innsbruck, dem *spiritus rector* der Angelegenheit. Sie alle starben bald darauf unter mysteriösen Umständen, bei einer Bergwanderung, einem Autounfall, an Krebs oder an der Nervenkrankheit ALS. Der Wahrheit zuliebe sei betont, dass ich ihr Ableben nicht beschleunigte – oder gab es ihn doch, den Fluch des Eismanns?

Nur eine an der Bergung und Untersuchung meiner sterblichen Überreste beteiligte Person blieb am Leben. Angelika Fleckinger, Konrad Spindlers Assistentin, war einundzwanzig, als ich ihr Auge in Auge gegenüberstand, und ich darf sagen, es war Liebe auf den ersten Blick. Wie sonst ist es zu erklären, dass sie die Tattoos auf meinem Rücken liebevoll restaurieren ließ; wie sonst ist es zu erklären, dass sie mit *Kijimea* und anderen im Werbefernsehen empfohlenen Produkten, deren Namen ich nicht verrate, Nagelpilze und Hornhäute von meinen Füßen entfernte und meinem lädierten Gedächtnis auf die Sprünge half? Laut Radiokarbon-Datierung war ich zum Zeitpunkt meines

Todes 46 Jahre alt, und nach der Behandlung fühlte ich mich wie neugeboren. Die Frage, wie die Verjüngungskur vonstattenging, ist schnell beantwortet, denn es gab mehrere täuschend echte Repliken der Gletschereismumie. Angelika Fleckinger suchte die am besten erhaltene aus und stellte sie in einem auf minus 6,5 Grad gekühlten Glassarg im Bozener Landesmuseum aus, wohin man mich wegen des Rechtsstreits über den Grenzverlauf zwischen Österreich und Italien verbrachte. Nach dem Tod ihres Doktorvaters hatte die Regierung der autonomen Provinz Südtirol sie als intime Kennerin des Eismanns zur Chefin des Ötzi-Museums ernannt. Das traf sich gut, denn Angelika stellte mich, frisch tätowiert und sauber rasiert, als Ticketverkäufer an. War hoher Besuch angesagt, durfte ich in Bastschuhen und Bärenfell mit gezückter Axt Politikern und Sponsoren vorführen, wie man als Jäger und Sammler überlebt.

***

In meinem vorigen Leben war ich Schamane. Das ist kein Beruf wie Steinmetz oder Steuerberater, den es vor 5000 Jahren noch nicht gab, sondern eine Berufung, die nicht vom Vater auf den Sohn, sondern vom Onkel auf den Neffen oder vom Großvater auf den Enkel überspringt. Oder – auch das kommt vor – als Blitz aus heiterem Himmel in den oder die Adepten fährt nach dem Motto, dass von vielen, die sich berufen fühlen, nur wenige auserwählt sind. Oder war es umgekehrt? Fakt ist – die Redensart existierte noch nicht, die Sache aber sehr wohl –, dass ein Blitz in mich fuhr – und statt die Ziegen niederzustrecken, die ich ins Gebirge getrieben hatte, um süßes Almgras abzuweiden, fällte der Blitz mich und ließ meinen Kopf aufglühen wie ein Elmsfeuer oder einen Heiligenschein – so drückte der mich begleitende Hirtenjunge es aus, während mir schwarz vor Augen wurde.

Ich flog mit ausgebreiteten Armen über Berge und Täler hinweg – Schamanen können fliegen, liebe Leser – und sah Grasebenen und rollende Hügel unter mir, durch die Herden von Huftieren galoppierten, Wildpferde und Wisente, bei deren Anblick mir das Wasser im Mund zusammenlief, weil ich seit Wochen kein Fleisch gegessen und von Pilzen und Beeren gelebt hatte, deren Nährwert gegen null ging. Jetzt aber blickte ich herab auf herdenreiche Landschaften, von Rentieren durchzogen, unter deren Hufschlag der Boden bebte, umkreist von Wolfsrudeln, die genauso hungrig waren wie ich. Als ich wieder zu mir kam, befand ich mich im Innern einer Felshöhle, von deren Wänden mich im Schein der von dem Hirtenknaben gehaltenen Fackel die Tiere anschauten, die ich als Luftreisender von oben gesehen hatte, so lebensnah, dass ich sie mit Händen zu greifen und ihre Ausdünstungen zu riechen meinte.

Der Junge war damit beschäftigt, Abdrücke seiner Finger und Zehen, die er mit Holundersaft oder Blut tränkte, auf Felswände zu übertragen, und während er am Boden herumliegende Stalagmiten und Stalaktiten zu einem Altar aufschichtete, begriff ich, wo ich mich befand: Der in einer Nische aufgebahrte Schädel eines Höhlenbären stand stellvertretend für die Tierherden, die nach der letzten Eiszeit die Tundra durchzogen hatten, aufgrund der Erderwärmung aber ausblieben.

***

Ich behielt für mich, was ich in der Felsgrotte gesehen, gehört und erlebt hatte, ein Initiationsritus, der sich nur schwer in Worte fassen lässt. Doch ich hatte die Rechnung ohne den Wirt gemacht: Gemeint ist der Hirten-

knabe, der *coram publico* – den Ausdruck hat Angelika mir beigebracht – alles herausposaunte, was er gesehen, gehört und gründlich missverstanden hatte. Uriel war der Apostel einer neuen Heilslehre und kannte Mittel und Wege, das Jagdwild, das sich nur selten, schreckhaft und scheu an Waldrändern zeigte, aus dem Dickicht zu locken und die Herden zurückzurufen, deren Hufgetrappel früher wie ein Gebirgsfluss durch die Täler gebrandet war. Träume sind Schäume, liebe Leser, und obwohl ich zur Geduld mahnte, berief die abergläubische Volksmenge mich zum Oberschamanen. Als Zeichen der Häuptlingswürde überreichte man mir eine Streitaxt aus Kupfer, der wertvollste Besitz eines Steinzeitmanns (ich zögere, das Wort Mensch hinzuschreiben), handgeschmiedet von meinem Vorgänger, der aus der Gemeinschaft ausgestoßen und mit Schimpf und Schande in die Berge gejagt worden war. Dass mir dasselbe Schicksal bevorstand, kam mir nicht in den Sinn.
Fast hätte ich das Wichtigste vergessen. Ich war dabei, eine Litanei von Warnungen herunterzubeten: Nichts wird so heiß gegessen, wie es gekocht wird; nimm den Mund nicht zu voll; man soll den Tag nicht vor dem Abend loben, als Donnergrollen zu hören war, begleitet von einer Staubwolke, die sich im Näherkommen vom Staubsturm zum Shitstorm steigerte. Und während mit Kot vermengter Regen, nein, ein Hagel von Sandkörnern und Erdbrocken niederging, schoss, brüllend und schnaufend, eine Tierherde an mir vorbei, Rücken an Rücken und so schnell, dass ich mich, beiseite springend, in Sicherheit bringen musste. Erst später wurde mir klar, dass es sich um Rentiere handelte, von Fackeln schwingenden Jägern in eine Schlucht getrieben, wo sie sich, dem Leittier folgend, das Genick brachen, während Frauen und Kinder sie mit Faustkeilen zerlegten, um ihr Fleisch gebraten oder geräuchert haltbar zu machen.

Es gab reichlich zu essen, auch Bären, Wölfe und Raben kamen auf ihre Kosten, in dieser Reihenfolge, alle wurden satt, und das war mein Werk, ein Wunder war geschehen, das man ganz allein mir zuschrieb, bis die Vorräte zur Neige gingen, auch Wasser wurde knapp, Bäche und Quellen versiegten, Gärten und Felder verdorrten, Heuschrecken fraßen die Wiesen und Borkenkäfer die Wälder kahl, was übrig blieb, fiel Lemmingen zum Opfer, die wie vorher die Rentiere über das Steilufer stürzten. Seit Wochen Monaten Jahren war kein Tropfen Regen gefallen, das Volk rottete sich zusammen und rebellierte gegen die Obrigkeit, also gegen mich, und als ich dazu aufrief, in sich zu gehen und Buße zu tun, um den Weltuntergang abzuwenden, wurde ich mit faulen Äpfeln beworfen, nicht mit Tomaten, die es noch nicht gab: Im selben Augenblick verdunkelte sich der Himmel, die Sonne glitt hinter eine Wolkenwand, ein Donnerschlag krachte, ein Blitz fuhr in meine drohend erhobene Streitaxt, die Funken sprühte, und Starkregen überschwemmte das nach Wasser dürstende Land, ließ Bäche und Flüsse über die Ufer treten und löste Schlammlawinen aus, die Wege unpassierbar machten und Hütten samt ihren Bewohnern hinwegspülten. Das Volk spaltete sich in einander befehdende Parteien, je nachdem für oder gegen mich, und die Flucht ergreifend vor Freund und Feind, zog ich mich in die Felshöhle zurück, um Zwiesprache zu halten mit dem Stammvater meines Familienclans, dem Höhlenbären. Uriel ging mir voraus; dem Fackelschein folgend, der tanzende Schatten über die Felswände warf, aus denen Hörner und Hufe, bebende Nüstern und gebleckte Zähne hervortraten, tastete ich mich vor zum Allerheiligsten im Innern des Bergs, einer wie eine Vulva geformten Grotte, von deren Decke Wasser tropfte, und kniete nieder vor dem aus Stalaktiten und Stalagmiten errichteten Altar, Auge

in Auge mit den Augenhöhlen des Höhlenbären, der mein Totemtier war. »Was willst du von mir?«, sagte Ursus Major, auch Pelzgreis oder Breitstirn genannt, während Wildgeruch mir in die Nase stieg – vielleicht war es auch der Rauch vor dem Altar glimmender Holzkohlen.
»In Märchen und Sagen hat jeder drei Wünsche«, hörte ich mich sagen, während Uriel die Glut anfachte. »Also habe ich noch einen Wunsch offen!« – »Und der wäre?« – »Ich wünsche mir …« Ein Rumpeln war zu hören, rollender Donner durchlief die Höhle, und die auf die Felswände gemalten Tiere setzten sich in Bewegung, zuerst Wollnashörner und Mammuts, die am Ende der Eiszeit, als es noch keine Bäume gab, die Tundra abweideten, gefolgt von Elchen und Auerochsen, Pferde- und Rentierherden, und als ich einen braungefleckten Mustang mit wehender Mähne und wedelndem Schweif vor mir sah, wollte ich aufspringen, um ins Freie zu gelangen, doch eine übermenschliche Kraft hielt mich zurück und, an mir herabblickend, sah ich, dass ich mich in ein Felsbild verwandelt hatte, das Uriel mit Ölkreide kolorierte.

***

Als ich aus dem Alptraum erwachte, befand ich mich im Hochgebirge, auf halbem Weg zwischen Tisenjoch und Hauslabjoch, in einer Felsmulde hockend mit Blick aufs Similaunjoch, den Ellbogen aufs Knie und den Kopf in die Hand gestützt wie der Denker von Rodin, dem ich unbewusst nacheiferte, um herauszufinden, wer ich war, woher ich kam und wohin ich ging. Kein Zweifel, Uriel hatte mich im Schweiß seines Angesichts, hier stimmte die biblische Redensart, bergauf geschleppt auf der Flucht vor dem Volkszorn, der sich an meine Fersen heftete. Erst in 3000 Metern Höhe machte er schlapp und setzte sich auf einen von der Sonne erwärmten Felsblock, wo wir den in einer Basttasche mitgeführten Proviant teilten, Reste eines von mir erlegten Steinbocks, mit Körnern vermischt. Nach dem Essen schmierte er Bärenfett auf die blutigen Schrammen, die Gevatter Bär mir beigebracht hatte bei dem Versuch, mich festzuhalten in seinem Heiligtum. »Das war's«, sagte ich, durch Blutverlust und Strapazen geschwächt, mehr zu mir selbst als zu Uriel und schaute hinauf zum Similaunjoch, als sei von dort eine Antwort zu erwarten auf meine Frage, die keine war. Uriel trat einen Schritt zurück, zog einen Pfeil aus dem Köcher und legte ihn auf die Sehne. Und während ich vergeblich darüber nachsann, ob er mich von meinen Leiden erlösen, meine Nachfolge antreten wollte oder beides zugleich, spannte er den Bogen und schoss mir einen Pfeil aus Schneeballholz in die Schulter, dessen Feuersteinspitze erst 5000 Jahre später bei der Untersuchung meiner sterblichen Überreste zutage trat.

## Fiesta mexicana

Am 13. Februar 1867 brach Kaiser Maximilian I. von Mexiko an der Spitze einer 1.600 Mann starken Armee nach Querétaro auf, um hier den Ausgang des Bürgerkriegs abzuwarten, der seit seiner Ankunft das mittelamerikanische Land zerriss. Eine Woche zuvor hatte er vom Balkon des Nationalpalasts aus den Abmarsch der französischen Truppen beobachtet, die Napoleon III. zu seiner Unterstützung nach Mexiko entsandt hatte und nun ohne Absprache mit Maximilian, unter Bruch eines feierlich gegebenen Versprechens, von dort abzog. Am selben Tag – es war der 5. Februar – erhielt der Kaiser die Nachricht, dass seine gemütskranke Gattin nach dem vergeblichen Versuch, Napoleon umzustimmen, in depressiver Verfassung nach Miramar zurückgekehrt war, wo der Wiener Psychiater Riedel ein unheilbares Nervenleiden diagnostizierte. Und als sei das Maß noch nicht voll, überbrachte sein Adjutant die Hiobsbotschaft, dass die Truppen des Generals Miramón nach ihrem Sieg über die Freischärler des Benito Juárez in einen Hinterhalt gelockt und vernichtend geschlagen worden seien. Die Rebellen hätten keine Gefangenen gemacht und aus Europa stammende Offiziere ohne Prozess erschossen. Noch dazu hatten sie die mit 25.000 Pesos gefüllte Kriegskasse des Kaisers erbeutet, zusammen mit einem Handschreiben Maximilians, in dem er Benito Juárez als Hochverräter zum Tode verurteilte.

Erst jetzt bereute es der Kaiser, den Einflüsterungen des Jesuitenpaters Fischer gefolgt zu sein und ein Dekret unterzeichnet zu haben, das jede Art von Aufmüpfigkeit streng bestrafte und dadurch den Kampfeswillen der Rebellen noch steigerte. Beim Nachdenken über den Wankelmut der Mexikaner und die Unzuverlässigkeit der Franzosen verfiel Maximilian in tiefe Melancholie. Statt den Rat guter Freunde zu beherzigen und sich mit seinen letzten Getreuen auf die in Veracruz vor Anker liegende Flotte zu retten, floh er aus der stickigen Luft der Hauptstadt in seine Sommerresidenz Orizaba, um Schmetterlinge zu jagen und sich statt politischen Fragen der Verfeinerung der Hofetikette zu widmen.

***

Während der Kaiser taub blieb gegen die Warnungen des preußischen Minister-Residenten Baron Magnus und des britischen Gesandten Campbell-Scarlett, die ihm rieten, Mexiko auf schnellstem Weg zu verlassen, schenkte er noch einmal Pater Fischer Gehör, der ihm die glückverheißende Symbolik seines Namens vor Augen stellte mit den Worten: »Die mächtigsten Männer des Kaiserreichs, die Generäle Márquez, Mejía, Miramón und Sie, Majestät, bilden die vier Stützbalken eines dreifachen M: M wie Maximilian, M wie Monarchie und M wie Mexiko. Marschieren Sie an der Spitze Ihrer Truppen nach Querétaro, damit die Soldaten den Kaiser hoch zu Ross sehen, und alles wird anders! Über eine zu weite Fläche verteilt, haben wir unnütz Energie verschwendet, aber zur Faust geballt, sind wir unüberwindlich. Querétaros strenggläubige Bewohner sind eine festere Stütze der Monarchie als das Sündenbabel der Hauptstadt, die den Kaiser mit seinem Hofstaat als Geisel gefangen hält!«
Diese Worte gaben den Ausschlag. Maximilian ließ das letzte ihm treu ergebene österreichische Regiment im Hof des Palasts antreten und hielt folgende Ansprache: »In der

mexikanischen Armee ist für Ausländer kein Platz. Die Pflicht gebietet mir, nach Querétaro zu gehen. Sie bleiben mit meinen braven Österreichern hier zurück. Ich vertraue Ihnen das Kommando meiner Nachhut an«, sagte er zu Fürst Salm-Salm und Baron von Hammerstein.
Die beiden Offiziere waren sprachlos. »Majestät, wir sind verloren«, rief Salm-Salm, mühsam den aufgebrachten Atem unterdrückend. »Sie sind von Verrätern umgeben, die Mexikaner hintergehen Sie! Keine Macht der Welt kann mich von dem Eid entbinden, Ihre Person zu schützen, nicht einmal Sie, Majestät!«
»Genug«, murmelte der Kaiser, »ich will es so. Schiffen Sie sich so rasch wie möglich von Veracruz nach Europa ein. Adieu!« Maximilian standen Tränen in den Augen, als er, begleitet von seinem Leibarzt Dr. Basch, dem Kammerdiener Grill und dem Küchenchef Tüdös, eine Kutsche bestieg, die, von Lanzenreitern eskortiert, zum Stadtausgang rasselte, wo der Generalstab der mexikanischen Armee auf ihn wartete.

***

Während die Soldaten pfeifend ihre Bündel schnürten, um sich nach Veracruz in Marsch zu setzen, gab Fürst Salm seinem Pferd die Sporen und ritt den Bergen der Sierra Madre entgegen, hinter denen der kaiserliche Tross in einer rötlichen Staubwolke verschwand. Der preußische Haudegen, der sich im amerikanischen Sezessionskrieg ehrenvoll ausgezeichnet hatte, war weder bereit noch willens, dem zahlenmäßig überlegenen Gegner das Feld zu überlassen. Lieber wollte er für den Kaiser sterben, als hühnerhündisch im Hafen von Veracruz herumzusitzen und auf das Auslaufen eines Schiffes zu warten. »Potztausend, Salm«, rief der Kaiser, als ein in gestrecktem Galopp heranjagender Reiter neben seiner Kutsche hielt, »ich sollte Sie wegen Insubordination füsilieren lassen!« Und er drückte dem mit Narben übersäten Kämpen hocherfreut die Hand. Nachdem er sich den Staub vom Kürassierhelm gewischt hatte, nahm von Salm auf Einladung Maximilians in der Kutsche Platz, wo ihnen der Kammerdiener des Kaisers lauwarmen Champagner kredenzte. Die Freunde hoben die Gläser, um auf den Erfolg des Feldzugs anzustoßen, als von draußen Schüsse zu hören waren; eine Kugel durchschlug das Fenster der Kutsche und zerfetzte ein Polster mit dem Wappen der Habsburger. Maximilian ließ vor Schreck das Sektglas fallen, fand aber gleich darauf die Fassung wieder und befahl seiner Ordonnanz, sein Pferd zu satteln und sein Gewehr schussfertig zu machen; er wolle mit Salm auf Hasenjagd gehen und die Rebellen aus ihren Löchern vertreiben. Das Vorhaben stand unter einem schlechten Stern; das Pferd stolperte über einen Kaninchenbau, und Maximilian landete in der stachligen Umarmung eines Kaktus, aus der von Salm ihn mit dem Bowiemesser befreite, wobei der Kaiser trotz der Schmerzen keine Miene verzog. Dr. Basch desinfizierte seine Wunden mit Jod, doch die Einstiche entzündeten sich und schwollen zu Pusteln an, die ihm tagsüber die Ruhe und nachts den Schlaf raubten. Der Rebellenüberfall erwies sich als Fehlalarm, weil die kaiserliche Garde in der Wüste umherstreifende Esel mit feindlicher Kavallerie verwechselt hatte. Der für das Missgeschick verantwortliche Kommandeur wurde seines Postens enthoben und zum Tode verurteilt, in letzter Minute aber von Maximilian begnadigt.

***

Nach langem, beschwerlichem Marsch durch die Sierra Madre, auf dem die Männer nur Sand zwischen den Zähnen und in der Hitze flimmernde Staubwolken vor Augen hatten, traf das wie Schnee in der Sonne schmelzende Heer in Querétaro ein. Obwohl der Kaiser strenge Hygienevorschriften erließ, tranken die Soldaten schmutziges Wasser aus Pfützen, in denen tote Fliegen schwammen, und blieben mit aufgeblähten Bäuchen am Wegrand zurück. Tagsüber kreisten Geier über ihnen, nachts war das Heulen der Coyoten zu hören, die in konzentrischen Kreisen das Lager umschlichen. Das Wetter schien auf Seiten der Rebellen zu sein, denn obwohl Pater Fischer um Regen betete und den von Diarrhoe geplagten Kaiser in seine Gebete einschloss, blieben die Schleusen des Himmels geschlossen. Kein Tropfen netzte die durstige Erde.

»Montezumas Rache macht vor dem Hause Habsburg nicht halt«, sagte Maximilian scherzhaft zu von Salm, während aus seinem Darm ein dumpfes Grollen zu hören war. »Kein Wunder, denn meine Vorfahren haben ihm die Konquistadoren auf den Hals geschickt. Nur Sie, Salm, scheinen gegen den *morbus mexicanus* immun zu sein! Ihre Feuertaufe in der Schlacht von Gettysburg hat Sie wie ein Stahlbad gegen Krankheiten gewappnet. Ich beneide Sie um Ihren Kriegsruhm – wie gerne würde ich Pulverdampf schnuppern!« Gleich darauf waren Schüsse zu hören, und Kugeln zischten durch die Luft, von denen eine sich in Maximilians Hutkrempe verfing. »Potztausend, Salm«, rief der Kaiser. »Kaum redet man vom Gottseibeiuns, ist er schon da!«

Die Einwohner von Querétaro bereiteten Maximilian einen begeisterten Empfang: Kreolen und Europäer, Mulatten und Mestizen, Peones in weißen Ponchos und Rancheros mit silberbestickten Sombreros, Mönche und Nonnen, Polizisten und Prostituierte zogen dem Heer entgegen, allen voran der Alcalde mit dem Schlüssel der Stadt und zwei Priester des Colegio de la Cruz, die Weihrauchfässer schwenkten, während eine Mariachi-Kapelle eine misstönende Musik intonierte, zu der ein Schwarzer die Trommel schlug. Sich vom Sattel herabbeugend, schüttelte der Kaiser rote, braune und gelbe Hände, die sich zu ihm hochreckten. Straßenkinder und Marktweiber küssten seine staubbedeckten Stiefel, um den Segen des Monarchen zu erflehen, während sie, unbemerkt im Gedränge, sein silbernes Zaumzeug stahlen. Eine Gasse öffnete sich in der Menge und ein Regen von Blumen ging auf ihn nieder, während Maximilian, winkend und grüßend, die Treppe erklomm zu einer Plattform, auf der die Azteken Menschen geopfert hatten und wo ein Mütterchen ihm einen Zuckerkringel in Form eines Totenkopfs überreichte. Die Warnungen des Leibarzts missachtend, biss Maximilian herzhaft hinein.

»Mexikaner«, sagte er in die sich ausbreitende Stille hinein. »Widrige Umstände, durch häusliches Unglück erschwert, ließen in mir den Entschluss reifen, euch die mir anvertraute Gewalt zurückzugeben. Der Staatsrat befand jedoch, das Wohl des Vaterlands erfordere meinen Verbleib an der Macht zur Wiederherstellung der Ordnung, die täglich in gröbster Weise verletzt wird. Frei von ausländischem Einfluss, werde ich die Ehre Mexikos bis zum letzten Blutstropfen verteidigen im Vertrauen auf Gott, der meinen Thron beschützt und weiterhin stützt. Lang lebe Mexiko!«

Beifall brandete auf, und von allen Seiten erscholl der Ruf: »¡Viva el Emperador Maximiliano, viva Mexico!«, während ein Feuerwerk die Dächer der Stadt illuminierte. Erst im Licht der aufgehenden Sonne zeigte es sich, dass Artilleriebeschuss von in der Sierra verschanzten Rebellen den Feuerzauber verursacht hatte.

***

Am nächsten Morgen berief der Kaiser den Kriegsrat ein. Die Nonnen des Colegio de la Cruz richteten im Refektorium des Klosters ein frugales Frühstück an, dem Fürst Salm und die Generäle Márquez, Miramón und Mejía mit gesundem Appetit zusprachen, während Maximilian nur Tee trank. Nach dem Essen wurde eine Generalstabskarte hereingetragen, auf der die Stellungen der Rebellen und der Frontverlauf mit Fähnchen markiert waren. »Während meine Männer mit Wein, Weib und Gesang die Nacht durchzechten«, sagte der Kaiser und fuhr mit dem Zeigestock über die Landkarte, die sich wie eine Schlange zischend zusammenrollte, »blieb der Feind nicht untätig und rückt von Norden und Westen auf Querétaro vor. Ich schlage vor, der Armee des Generals Corona den Weg abzuschneiden, um dessen Vereinigung mit Escobedos Truppen zuvorzukommen.« Doch die Generäle waren nicht einverstanden: Márquez wollte in die Hauptstadt zurückkehren, um Verstärkung zu holen, während Mejía es vorzog, in Querétaro zu bleiben und den Feind durch Ausfälle zu zermürben. Miramón warf Márquez Feigheit vor, worauf der ihn zum Duell forderte; nur von Salms Dazwischentreten hielt ihn von Handgreiflichkeiten ab.
»Getrennt marschieren, vereint schlagen« – mit diesem salomonischen Schiedsspruch beendete Maximilian den unwürdigen Disput, indem er General Márquez in die Hauptstadt entsandte und, um es allen recht zu machen, Mejía mit der Verteidigung Querétaros und Miramón mit der Planung einer Gegenoffensive beauftragte. »Was den Mexikanern fehlt«, sagte der Kaiser zu von Salm, als die Streithähne sich schmollend in ihr Quartier zurückzogen, »ist klassische Bildung und Kultur. Ich habe Pater Fischer deshalb gebeten, Offiziersschülern Latein- und Griechischunterricht zu erteilen. Doch bis dahin ist es ein weiter Weg.

Falls mir etwas zustößt, vermache ich Ihnen meine Sommerresidenz. Sollten Sie nach meinem Tode dort einziehen, kümmern Sie sich um Conchita, die Tochter des Gärtners. Sie erwartet ein Kind von mir!«

***

Während der zuletzt geschilderten Ereignisse hatten die Rebellen den Belagerungsring um Querétaro geschlossen. Die Zufuhr von Lebensmitteln war unterbrochen, und in der vom Hinterland abgeschnürten Stadt brach eine Hungerrevolte aus. Statt Beefsteaks gab es Hunde und Katzen zu essen, und um die Leiden der Bevölkerung zu teilen, unterzog sich der Kaiser einer strengen Diät. Gleichzeitig schickte er einen Unterhändler zu General Escobedo und bot ihm einen Botschafterposten an, falls er die Waffen niederlege und die Autorität der Regierung anerkenne. Dem Emissär des Kaisers erging es nicht besser als Spionen und Deserteuren: Er wurde in Sichtweite der Stadt auf einen Kaktus gespießt und den Geiern zum Fraß vorgeworfen.

»Escobedo tut das nicht aus Böswilligkeit«, sagte Maximilian zu Fürst Salm, der seinen Revolver reinigte, um sein Leben nicht unter Wert zu verkaufen, »sondern aus Mangel an Bildung – ich meine Herzensbildung. Mit Latein und Griechisch ist es nicht getan. Statt Museen und Bibliotheken einzuweihen, laufe ich als lebende Zielscheibe herum!« Eine Kugel zischte über ihn hinweg, und der Kaiser zog den Kopf ein, während von Salm den Revolver durchlud, um den Beschuss zu erwidern.

Früh am Morgen brach ein Feuersturm über Querétaro herein. Während Escobedos in den Bergen verschanzte Artillerie das Stadtzentrum in Schutt und Asche legte, brandete die Kavallerie des Generals Corona in immer neuen Wellen gegen die Wälle der Stadt, deren Bürger sich heldenhaft verteidigten: Frauen und Kinder kämpften Schulter an Schulter mit den Soldaten, während Mönche die Gewehre luden und Nonnen ihnen Munition zutrugen. Der Kaiser ging mit gutem Beispiel voran. Hoch zu Ross, von weitem erkennbar am blauen Waffenrock und dem blonden Bart, ritt er furchtlos ins Kampfgetümmel, fragte nach Namen und Dienstgrad, ließ Verwundete verbinden, Sterbenden die Letzte Ölung erteilen und sprach Verzagten Mut zu. Seinem Vorbild nacheifernd, unternahm Fürst Salm einen Ausfall, setzte eine feindliche Batterie außer Gefecht und brachte ihren Kommandeur als Gefangenen ein, bis Maximilian ihn mit einem Waffenstillstandsangebot wieder entließ.

»Meine Seekameraden in Triest würden sich wundern«, schrieb der Kaiser an seine gemütskranke Frau, der er einen Granatsplitter als Souvenir schickte, »wenn sie mich sehen könnten als *général en chef*, mit silbernen Sporen und Sombrero auf dem Kopf. So wie einst in der Marine mache ich unangekündigte Inspektionen und spaziere allein durch die Trancheen, wo man, sobald ich erscheine, mit Kanonen auf mich schießt.«

»Wir sind verloren, Majestät«, sagte von Salm, als der Kaiser ihn auf seinem vorgeschobenen Posten besuchte. »Querétaro ist eine Mausefalle, aus der es bald kein Entkommen mehr gibt. Noch ist es nicht zu spät. Verhaften Sie General Márquez, ehe er zu den Rebellen überläuft, und schlagen Sie sich mit Mejía und Miramón in die Hauptstadt durch. Von dort bringe ich Sie sicher nach Veracruz!«

»Vom praktischen Standpunkt aus haben Sie recht«, sagte Maximilian und zog den Feldherrnmantel enger um sich. »Aber Sie denken eher breit als tief. Ein Rückzug kommt für mich nicht in Frage. Mexiko liebt mich, und ich liebe Mexiko. Soll ich die Liebe mit Verrat vergelten? Ein Habsburger flieht nicht!« Und er verscheuchte mit dem Handrücken eine Stechmücke, die sich auf seiner schweißnassen Stirn niederließ.

***

In dieser Nacht fand Fürst Salm keinen Schlaf. Die Worte des Kaisers gingen ihm nicht mehr aus dem Sinn. Er wälzte sich ruhelos auf dem Feldbett und lauschte auf das feine Sirren der Moskitos, die bald von nah, bald von fern sein Ohr umkreisten. Um vier Uhr früh wurde er vom Kommandeur der Leibgarde Miguel Lopez geweckt mit der Nachricht, der Feind befinde sich im Colegio de la Cruz und er müsse sich sputen, um das Leben des Kaisers zu retten. Von Salm lud seine Pistolen und eilte zu Maximilian, der ihn mit dem Ausruf empfing: »Man hat uns verraten. Falls wir dem Feind in die Hände fallen, sparen Sie die letzte Kugel für mich auf!«

Aus Ärger über seine ausgebliebene Beförderung war Miguel Lopez ins Lager des Feindes übergelaufen und hatte eine Vorhut des Generals Escobedo in die Stadt gelotst; weil er das Losungswort kannte, ließen die Posten ihn anstandslos passieren. Umringt von bewaffneten Rebellen, stellte er sich dem Kaiser in den Weg, aber als von Salm seine Pistolen auf ihn richtete, trat er zähneknirschend zur Seite und gab die Straße frei. Die Insurgenten feuerten Schüsse ab, von denen einer General Miramón traf; der Verwundete wurde von Dr. Basch ärztlich versorgt, während der Kaiser und sein Gefolge sich auf dem Cerro de las Campanas verschanzten. Bei Sonnenaufgang war Maximilians Reich zusammengeschrumpft auf einen mit Kakteen bewachsenen Hügel, den der Feind von vier Seiten zugleich attackierte.

»Majestät«, sagte von Salm, während er mit Pistolenschüssen das Artilleriefeuer erwiderte, »gehen Sie hinter dieser

Kaktushecke in Deckung und fliehen Sie in südwestlicher Richtung. Ich unternehme einen Ausfall, um die Kugeln der Rebellen auf mich zu lenken. Mein Pferd trägt Sie sicher durch die feindlichen Linien!«

»Ein Habsburger flieht nicht«, sagte Maximilian, dessen Gesicht im Licht der Morgendämmerung aschfahl wirkte, »geben Sie mir die erlösende Kugel!« Als er sah, dass von Salm sich weigerte, den Befehl zu befolgen, ließ der Kaiser die weiße Fahne hissen und ergab sich General Escobedo mit den Worten: »Ich habe schon im März abgedankt und bitte darum, dass außer meinem eigenen kein Blut vergossen wird. Behandeln Sie meine Leute gut – sie haben sich tapfer geschlagen und treu bewährt.«

Maximilian wurde von seinem Gefolge getrennt und unter Bewachung abgeführt; nur sein Leibarzt Dr. Basch durfte ihn begleiten. Fürst Salm, der als Preuße diplomatische Immunität genoss, gelang es erst nach Stunden, seinen Aufenthaltsort zu ermitteln. »Der Kaiser ruht in der Kapuzinergruft«, sagte Dr. Basch, der ihm auf dem Weg zur Apotheke entgegenkam. »Keine Sorge, es geht ihm gut. Wenn Sie wollen, führe ich Sie zu ihm.«

Nachdem Fürst Salm den Posten sein Offizierspatent statt eines Passierscheins vorgelegt hatte, öffneten sie ihm das Tor und führten ihn in ein unterirdisches Gewölbe, in dem seine Schritte widerhallten. Modergeruch wehte ihm entgegen, und er lief vorbei an zerfallenden Särgen, in denen Mönche und Nonnen zu ewiger Ruhe gebettet waren. In der Tiefe des Raums flackerte eine Kerze am Kopfende des Kaisers, der auf einem Tisch aufgebahrt lag, ein Buch in Händen, Thomas a Kempis *Nachfolge Christi*, in dem er im Tode zu lesen schien. Sein wächsernes Gesicht strahlte überirdische Ruhe aus.

»Meine Kerkermeister«, sagte Maximilian lächelnd und

klappte das Buch zu, »haben es nicht für nötig befunden, eine Zelle für mich herzurichten.« – »Welche Rohheit«, rief von Salm, »einen Lebenden zu den Toten zu betten!«
»Das ist ein Erbe der von den Habsburgern eingeführten Inquisition«, fügte Maximilian hinzu. »Damals waren die Daumenschrauben durch europäische Kultur verfeinert – heute geht man umstandsloser ans Werk. Spaß beiseite, lieber Salm, hier unten ist es angenehm kühl und still. Nach den Strapazen der letzten Wochen lassen die Toten mich in Ruhe schlafen!«
Am nächsten Morgen wurde der Kaiser in eine Mönchszelle verlegt. Vor der Tür war ein Wächter postiert, der alle zehn Minuten durch ein Guckloch hineinsah; um vor lästigen Blicken geschützt zu sein, hing Maximilian seinen blauen Rock als Paravent an die Tür. In Nachbarzellen waren die Generäle Mejía und Miramón inhaftiert, mit denen er durch Klopfzeichen kommunizierte; beim täglichen Hofgang durften sie kein Wort miteinander wechseln. Trotzdem gelang es von Salm, als Beichtvater verkleidet zum Kaiser vorzudringen und ihm einen in einer Bibel versteckten Fluchtplan zu übermitteln. Beim Eintritt des Paters kniete Maximilian vor einem an der Wand hängenden Kruzifix und betete. »Früher haben Sie stets auf die Jesuiten geschimpft«, sagte der Kaiser, indem er sich aus seiner knienden Stellung erhob, »und jetzt kommen Sie in dieser abscheulichen Maskerade zu mir. Sie sollten sich schämen, Salm!«
»Ich weiß, dass es möglich wäre, zu echappieren«, fuhr er nach einer Denkpause fort, während er den Fluchtplan in Stücke zerriss. Aber ein Habsburger flieht nicht, wie gesagt! Ich habe meine Sache auf Gott gestellt und blicke mit Gelassenheit in die Zukunft. Selbst wenn man mir die Kaiserkrone nimmt – die Dornenkrone kann mir niemand streitig machen.

»Haben Sie schon einmal über die Parallelen zwischen Jesus Christus und Julius Cäsar nachgedacht«, fuhr er, in der Zelle auf und abgehend, fort. »Beider Vor- und Nachnamen beginnen mit J und C, und beide waren ständig unterwegs, der eine zu Pferd, der andere auf einem Esel. Beide mussten reißende Flüsse überqueren, der eine den Rubikon, der andere den Jordan. Beide wurden von ihren Freunden verraten, der eine von Brutus, der andere von Judas, während Pilatus seine Hände in Unschuld wusch. Bei ihrer Ermordung trugen sie Kronen auf dem Kopf – die eine war aus Lorbeer, die andere aus Dornen geflochten. Beide stammten von göttlichen Müttern ab, der eine von Maria, der andere von Venus, und waren in Kurtisanen verliebt, Kleopatra und Maria Magdalena. Beide haben das Volk mit Brot und Spielen erfreut, und beide wurden von Pharisäern und Patriziern gehasst. Beide liebten ihre Feinde, und beide standen von den Toten wieder auf, der eine als Augustus, der andere als Gottessohn. Wahrscheinlich sind Julius Cäsar und Jesus Christus ein und dieselbe Person. Nur eins passt nicht ins Bild: Cäsar war ein Kriegsheld, während Christus ein Mann des Friedens war.«

***

Am 29. Mai, auf den Tag genau drei Jahre nach Maximilians Ankunft in Mexiko, trat das Kriegsgericht zu seiner ersten Sitzung zusammen. Mejía und Miramón wurden von einer bewaffneten Eskorte zu dem als Tribunal dienenden Theater geführt. Die Bürger von Querétaro, die noch vor wenigen Wochen im Chor »¡Viva el Emperador Maximiliano!« gerufen hatten, verlangten jetzt lautstark die Todesstrafe. Das Theater war bis zum letzten Platz besetzt. Zur Eröffnung des Prozesses verlasen die Pflichtverteidiger – Maximilians aus der Hauptstadt angereiste

Anwälte ließ das Gericht nicht zu – ein Gutachten, wonach das Nichterscheinen des Kaisers auf dessen angegriffene Gesundheit zurückzuführen sei. Pfiffe und Buhrufe. »Die Szene wird zum Tribunal und die Weltgeschichte zum Weltgericht«, schrieb Maximilian in einem Brief an Fürst Salm, der unter schmutziger Wäsche versteckt aus dem Gefängnis geschmuggelt wurde. »Der Ausgang der Justizfarce steht von Anfang an fest. Vor meiner Zellentür spielen zwei Wachsoldaten mit einer Holzpuppe, die eine Krone auf dem Kopf, rote Hosen und eine blaue Jacke trägt. Wenn sie an der Strippe ziehen, kommt ein Totenkopf zum Vorschein. Wer hätte gedacht, lieber Salm, dass meine Ideen zur Reform des mexikanischen Theaters auf diese Weise Wirklichkeit werden!«

Obwohl von Salm nichts unversucht ließ, um Maximilians Ausreise zu bewirken, zeigte Benito Juárez sich unnachgiebig. Weder dem preußischen Minister-Residenten Magnus noch dem Hamburger Vizekonsul Bahnsen gelang es, den Rebellenführer umzustimmen. Depeschen aus Washington hatten so wenig Erfolg wie die Intervention Napoleons III. und ein Gnadengesuch der Queen Victoria, das unbeantwortet blieb. Benito Juárez war entschlossen, Europas gekrönten Häuptern eine Lektion zu erteilen: Maximilian wurde der widerrechtlichen Okkupation, des Hochverrats und der Usurpation des Throns bezichtigt und in allen Punkten schuldig befunden. Obwohl mehrere Mitglieder des Militärtribunals für die Verbannung des Kaisers votierten, verurteilte der als Richter fungierende Offizier ihn zum Tode.

***

Die Vollstreckung des Urteils war auf den 16. Juni drei Uhr nachmittags angesetzt. Am späten Vormittag marschierte ein Trupp Soldaten vor der Zellentür auf, während Oberst Palacios, der Sohn seines Pflichtverteidigers, ihm die Exekutionsorder vorlas. Der Kaiser hörte die Verlesung lächelnd an, dankte dem Oberst für den ihm erwiesenen Respekt und diktierte seinem Sekretär Blasio einen Brief, den Fürst Salm Monate später Maximilians Mutter aushändigte. Das Schreiben hatte folgenden Wortlaut:

»Beste Mama! Im Glauben fest, gehe ich mit ruhigem Gewissen in den Tod. Nicht Schuld, sondern Unglück hat mich in diese Lage gebracht. Siebzig Tage lang hielt ich einer siebenfachen Übermacht stand, bis nächtlicher Verrat mich meinen Feinden auslieferte. Papa und Sie, liebste Mama, bitte ich um Verzeihung für Kränkungen und Unrecht, das ich Ihnen oder anderen Verwandten angetan habe. Ich sterbe mit dem Trost, Gutes gewollt zu haben und edle Freunde in Mexiko zurückzulassen, denen mein Andenken teuer ist. Fürst Salm bringt Ihnen, liebste Mama, den Ring mit den Haaren der seligen Amalie und meiner armen Charlotte den Ehering. Um Ihren Segen bittend, bleibe ich Ihr Sohn *Max.*«

Um zwölf kam der Beichtvater, las eine Messe und gab Maximilian die Letzte Ölung, während der Küchenchef und der Kammerdiener seine Hände mit Küssen und Tränen benetzten. Der die Exekution leitende Offizier bat Maximilian um Verzeihung dafür, dass er ihn erschießen lassen müsse. »Sie sind Soldat«, erwiderte der Kaiser, »und tun nur Ihre Pflicht. Ich habe mir immer gewünscht, bei schönem Wetter zu sterben, wenigstens dieser Wunsch wird mir erfüllt!«

Die Uhr schlug drei, und noch wurden keine Anstalten zur Exekution gemacht. Der Kaiser scherzte mit seinem Beichtvater und trug ihm Grüße an Pater Fischer auf. Um vier erschien Oberst Palacios mit einem Telegramm aus dem

Hauptquartier der Rebellen, das den Aufschub der Hinrichtung um drei Tage anordnete. »Das ist hart«, meinte Maximilian, »ich hatte schon mit dem Leben abgeschlossen!« Wie sich später herausstellte, war die Frau des Fürsten Salm, eine amerikanische Zirkusreiterin, nach San Luis Potosi geeilt und hatte an die christliche Nächstenliebe des Rebellenführers appelliert, indem sie ihm, auf den Knien liegend, Einblick in ihr Dekolleté gewährte. Beeindruckt von dem, was er sah, bewilligte Benito Juárez eine letzte Galgenfrist; die Aussetzung der Exekution aber lehnte er ab, obwohl Maximilian nicht für sich selbst, sondern nur für die zum Tode verurteilten Generäle um Schonung bat. Am gleichen Tag schickte Baron Magnus das folgende Gnadengesuch an Benito Juárez: »Herr Präsident, lassen Sie einen zum Tode Verurteilten nicht zweimal sterben. Ich versichere Ihnen, dass alle Monarchen Europas, die durch Blutsbande mit dem Gefangenen verwandt sind: Sein Bruder, der Kaiser von Österreich, Seine Kusine, die Königin von Großbritannien, Sein Schwager, der König der Belgier, und Seine Kusine, die Königin von Spanien, sowie die Könige von Italien und Schweden sich darauf verständigt haben, Eurer Exzellenz zu garantieren, dass der Gefangene nie wieder mexikanischen Boden betritt.«

***

Auch dieser Appell verhallte ungehört. Am Vortag der Hinrichtung erließ die Regierung ein Ausgehverbot und wies alle Ausländer aus Querétaro aus. Um Mitternacht suchte Escobedo den Gefangenen auf, um Abbitte zu leisten für die Exekution. Maximilian nahm ihm das Versprechen ab, Sorge zu tragen für Mexikos Wohl, und schenkte ihm ein von seinem Hoffotografen angefertigtes Porträt, das er persönlich signierte. Um fünf Uhr früh hörte der Kaiser

die Messe und empfing das Abendmahl. Nach einem leichten Frühstück, bestehend aus Rotwein und kaltem Huhn, nahm er Abschied von von Salm und Dr. Basch, denen er Briefe an die Familie, seinen Trauring und Rosenkranz übergab.
Nur Padre Soria, Baron Magnus und Maximilians Koch waren zugegen, als der Kaiser mit Mejía und Miramón den Glockenhügel bestieg, wo das Erschießungspeloton auf sie wartete. Maximilian trug einen breitrandigen Sombrero, Mejía war barhäuptig, und Miramón hatte seinen blutgetränkten Verband als Turban um den Kopf gewunden. Die Schützen knieten nieder und luden die Gewehre durch. Der Kaiser bat sie, genau zu zielen, und gab jedem von ihnen ein Goldstück. Dann trat er einen Schritt zurück, der Offizier reckte den Säbel, sieben Schüsse krachten, und Maximilian starb mit dem Ruf »¡Viva Mexico!« auf den Lippen, gefolgt von Mejía und Miramón, die mit den Worten »Es lebe die Unabhängigkeit! Es lebe der Kaiser!« vornüberfielen.
Die Soldaten des Exekutionskommandos behaupteten später, Maximilian habe noch gelebt und *»hombre«* geflüstert, als ein Offizier ihm den Gnadenschuss gab. Dieser Aussage widerspricht der Befund, den Dr. Basch nach Öffnung der Leiche zu Protokoll gab. Von den sechs abgefeuerten Schüssen hatten drei die Brust getroffen: Die erste Kugel hatte die linke und die rechte Herzkammer durchbohrt, die zweite das Brustbein und die Aorta, die dritte den Lungenflügel zerfetzt. Jeder der drei Schüsse war absolut tödlich; weil sie aus kurzer Distanz abgefeuert wurden, wurden die Kugeln bei der Sektion nicht aufgefunden. Maximilians Kopf war unversehrt; die von Augenzeugen geschilderte Konvulsion der Gesichtsmuskeln war eine durch Kontraktion der Nerven ausgelöste natürliche Reaktion.

Nach Einbalsamierung der Leiche kehrte Dr. Basch in die Hauptstadt zurück, um für die Überführung des Toten zu sorgen. Maximilians persönliche Effekte übergab er zu treuen Händen dem österreichischen Kulturattaché von Schmidt. Erst sechs Monate später erlaubte Benito Juárez die Ausfolgung der Leiche. Am Tag der Einschiffung nahm Dr. Basch zusammen mit Admiral Tegethoff den Toten noch einmal in Augenschein. Er war in der San-Andrés-Kirche aufgebahrt, in einem Zedernholzsarg, der innen mit Samt bespannt und außen mit Zink verkleidet war. In das im Deckel befindliche Fenster war ein goldenes M graviert. Die tropische Hitze hatte Maximilians Haut blau verfärbt, doch der Leichnam war gut erhalten und völlig intakt. Am 26. November 1867 stach die Korvette *Novara* in See: Dasselbe Schiff, das ihn drei Jahre zuvor nach Mexiko transportiert hatte, brachte die sterbliche Hülle des Kaisers ins Land seiner Ahnen zurück.

## Erschossen im Morgengrauen

John Silas Reed war viele Tode gestorben, bevor er am 17. Oktober 1920, fünf Tage vor seinem 33. Geburtstag, in Moskau der Typhusinfektion erlag, die er sich beim Kongress der Ostvölker in Baku zugezogen hatte; Trotzki persönlich hatte ihn als Delegierten nach Baku entsandt. Der Verfasser des Buchs *Zehn Tage, die die Welt erschütterten*, das mit einem Vorwort von Lenin zeitgleich in Moskau und New York erschien, sowie zahlreicher Zeitungsartikel, Kurzgeschichten, Gedichte und Berichte aus der mexikanischen Revolution, die seinen Ruhm als Kriegsreporter begründeten, wurde an der Kremlmauer beigesetzt unter einer Nische, in die man Stalins Urne platzierte, nachdem dessen einbalsamierte Leiche aus dem Mausoleum entfernt und eingeäschert worden war: eine Ironie der Geschichte, denn der sowjetische Despot zog *Zehn Tage, die die Welt erschütterten* aus dem Verkehr, weil er nicht vorkam in Reeds Buch, wo nur von Trotzki und Lenin die Rede ist.

***

John Reeds *Coming of Age*, das Ende seiner literarisch-politischen Lehrzeit nach dem Studium in Harvard und Wanderjahren in Europa, ist auf Dezember 1913 zu datieren, als er bei El Paso den Rio Grande durchwatete, um den Revolutionsführer Pancho Villa zu interviewen. In der Grenzstadt Presidio gaben sich Reporter und Journalisten, Waffenschmuggler und Spione die Türklinke in die Hand; alle brüsteten sich damit, privilegierten Zugang zu den mexikanischen Generälen zu haben, und die Antwort auf

Reeds schriftliche Bitte um einen Gesprächstermin klingt schockierender, als sie es unter den damaligen Umständen war: »Verehrter Herr, wenn Sie sich hier sehen lassen, wird es mir ein Vergnügen sein, Sie mit dem Gesicht zur Wand stellen und Ihren Rücken mit Bleikugeln zu durchsieben!« Aus dem Schreiben ging nicht hervor, ob Pancho Villa persönlich, sein Sekretär oder ein Adjutant den Text geschrieben hatte, aber John Reeds Entschluss stand ein für alle Mal fest: Er faltete den Brief zusammen, steckte ihn in die Brusttasche und watete noch vor Sonnenaufgang durch den Rio Grande, der um diese Jahreszeit nur wenig Wasser führt.

Zwei im Schatten der Uferböschung dösende Grenzposten salutierten schlaftrunken beim Anblick des Yankees, der wie ein Flussgott, beladen mit Schreibmaschine und Kamerastativ, dem Wasser entstieg; entweder hielten sie ihn für eine Halluzination, hervorgerufen durch Tequila oder Mezcal, oder für einen Waffenschmuggler, der mit einem ihrer Vorgesetzten verabredet war. Aus mexikanischer Sicht kommt die Bedrohung stets aus dem Hinterland – von jenseits der Grenze droht keine Gefahr. Erst als Reed die Böschung erklomm, besannen die Soldaten sich auf ihre Pflicht und folgten ihm mit aufgepflanztem Bajonett: »Halt, stehen bleiben! Wer sind Sie, was suchen Sie hier?« Der Größere der beiden lud sein Gewehr durch. Statt einer Antwort hielt Reed ihm den Brief unter die Nase, aber da der Posten weder lesen und schreiben konnte, übersetzte er selbst, radebrechend mit amerikanischem Akzent. »Und zu wem wollen Sie?« – »Zu General Urbina oder zu General Orozco, welcher von beiden ist mir egal!«
»Davon rate ich Ihnen ab«, sagte der Soldat, der seinen Namen mit Benito angab. »Die beiden sind auf Kriegsfuß

miteinander, weil Orozco Urbina die Braut ausgespannt hat – oder ist es umgekehrt? Sie bekämpfen einander, aber sie würden keine Sekunde zögern, einen Gringo wie Sie zu erschießen!«
»Gibt es noch mehr Generäle, die Sie nicht mögen?«
»Unsere Armee besteht nur aus Generälen«, sagte der kleinere der beiden sibyllinisch, »und wir mögen sie alle nicht.«
»Gilt das auch für Pancho Villa?« Das lehmgelbe Gesicht des Postens hellte sich auf. »Der ist kein General, sondern einer von uns!«

Die beiden umarmten ihn brüderlich und wiesen ihm den Weg zu einer von Einschusslöchern gekerbten Kirche, deren Pastor, wie sie sagten, über eine drahtlose Verbindung zu Gott verfügte – oder zu Pancho Villa. Zum Abschied füllte Reed ihre Blechnäpfe mit heißem Kaffee, den Therese, die Tochter des deutschen Kaufmanns in El Paso, ihm mit auf den Weg gegeben hatte. Die Soldaten bedankten sich, indem sie ihm Aguardiente einflößten, Agavenschnaps, der wie Feuerwasser durch seine Kehle rann, während Reed, schwankend unter der Last seines Stativs, durch staubige Straßen trottete, vorbei an dampfenden Misthaufen und im Schlaf gähnenden Hunden.

***

»Ich habe Sie erwartet«, sagte Pancho Villa, der aussah wie ein Zentaur: Sein Oberkörper war steif vom ständigen Reiten, Arme und Beine aber bewegte er mit der Schnelligkeit eines Coyoten. »Ich wollte wissen, ob Sie die Flinte ins Korn werfen oder Mumm in den Knochen haben« – dafür gebrauchte er das spanische Wort *cojones*. »Erschießen werden wir Sie später, aber im Namen der Revolution konfisziere ich schon jetzt Ihre Schreibmaschine und Ihre

Kamera. Weil keiner meiner Männer mit moderner Technik umgehen kann, konfisziere ich Sie gleich mit. Sie werden als Fotograf dem Generalstab zugeteilt. Wenn Sie etwas brauchen, wenden Sie sich vertrauensvoll an mich. Entfernung von der Truppe wird mit dem Tode bestraft, wie in jeder Armee. Ich hoffe, Sie fühlen sich wohl bei uns!«

Die erste Lektion, die John Reed lernte, war, dass der mexikanische Bürgerkrieg, wie jeder Krieg, aus Nichtstun und Warten bestand. Er veranstaltete Schießübungen auf leere Dosen, bis Pancho Villa ihm ausrichten ließ, Munition sei knapp und er solle die Kugeln für den Ernstfall sparen. Nebenbei machte er Fotos seiner Offizierskameraden, die diese bei ihm bestellten, und lernte Spanisch am Lagerfeuer, auf das er von Zeit zu Zeit Holz nachlegte. Die Luft in den Mannschaftsquartieren war schwer atembar und zum Schneiden dick, weil die Soldaten sich von Bohnen ernährten, die Blähungen verursachten; ein Funke genügte, um das Gas zur Explosion zu bringen – auch ohne feindliche Artillerie.

***

Reeds erster Bericht aus Mexiko, den Kleinmann, der deutsche Kaufmann, von El Paso nach New York kabelte, schlug dort wie eine Bombe ein: Man munkelte, Pancho Villa habe ihn zum Brigadegeneral ernannt, was nicht stimmte. Reeds Schilderung der mexikanischen Revolution, schrieb Carl Hovey, Chefredakteur des *Metropolitan*, stelle alles in den Schatten, was aus dem spanisch-amerikanischen Krieg berichtet worden sei, und lasse Altmeister wie Stephen Crane blass aussehen. Dazu druckte das Magazin eine doppelseitige Anzeige für Corona-Schreibmaschinen, in der es hieß: »Der Kriegsbericht, den Sie lesen, wurde auf einer Corona-Reiseschreibmaschine getippt. Die Männer, die ihr Leben riskieren, um Nachrichten zu recherchieren und so schnell wie möglich unseren Lesern zu übermitteln, benutzen Corona-Schreibmaschinen. Das Foto zeigt John Reed, Kriegskorrespondent des *Metropolitan* in Mexiko, beim Tippen eines Briefs an den Chefredakteur, nachdem er zum ersten Mal eine Corona ausprobiert hat. Der Brief lautet so: ›Dear Hovey, diese Reiseschreibmaschine ist eine tolle Erfindung und erleichtert mir die Arbeit ungemein, weil ich jetzt im Zug schreiben kann. Dabei wiegt das verdammte Ding nur sieben Pfund und ist kaum größer als eine Kamera. Anbei die Schilderung der Schlacht, eine gute Geschichte, glaube ich. Der Rest folgt‹.«

Ein genialer Werbegag, an dem, abgesehen vom Namen des Redakteurs, nichts stimmt: Das Foto wurde nicht in Mexiko aufgenommen, sondern vor Reeds Abreise in New York, und zu dem Zeitpunkt, als er den erwähnten Brief schrieb, hatte er noch kein Gefecht erlebt – außer wenn Pancho Villa im Suff auf seine Mutter schoss, die das Heer als Köchin begleitete. Die im Schlusssatz erwähnte Schlacht aber wurde, schneller als befürchtet oder erhofft, blutige Realität. Das Gros des Heeres hatte sich nach Chihuahua abgesetzt, und der Tross, in dem Reed sich befand, geriet bei Torreón in einen Hinterhalt: »Jetzt wird der Mister endlich zu seinem Kriegserlebnis kommen«, rief Pancho Villa. »Wie fühlen Sie sich, Mister? Haben Sie Angst?« – Irgendwie schien die ganze Situation unwirklich. Ich sagte mir: »Du Glückspilz! Jetzt wirst du doch noch einen richtigen Kampf sehen. Das wird meiner Story erst den richtigen Schliff geben.« Ich lud meine Kamera und eilte hinaus.

Es ist aufschlussreich, die folgende Schilderung aus John Reeds Mexiko-Buch zu vergleichen mit der Beschreibung der Schlacht von Waterloo in Stendals *Kartause von Parma* oder der Schlacht von Borodino in *Krieg und Frieden* von Tolstoj: Gerade die Tatsache, dass der Protagonist keinen Überblick über das Geschehen gewinnt und nur die eigene Verwirrung thematisiert, ist ein Indiz für die Authentizität des aus persönlichem Erleben erwachsenen Texts: »Die Wüste war so kahl wie ein Billardtisch. Man konnte uns meilenweit sehen. Meine Kamera geriet mir zwischen die Beine. Ich ließ sie fallen. Mein Mantel bekam ein schreckliches Gewicht. Ich warf ihn fort. Ich rannte und hatte keine Ahnung, wie spät es war. Ich hatte keine große Angst. Noch immer war alles so unwirklich wie eine Seite aus den Kriegsberichten von Richard Harding Davis. Es schien mir, ich würde meine Aufgabe nicht richtig erfüllen, wenn es mir nicht gelänge, am Leben zu bleiben. Ich dachte nur immer bei mir: Nun, das ist eine interessante Erfahrung. Darüber kann man allerhand schreiben.«

***

Von Angst und Erschöpfung übermannt, schlief Reed ein. Als er aufwachte, war die Schlacht vorbei, und ein Geierpaar hüpfte näher, um festzustellen, ob er tot oder noch am Leben sei. Bei seiner Ankunft in Jimenez drohte neues Ungemach: Im Bahnhofshotel, der einzigen Herberge der Stadt, saß ein pockennarbiger Mexikaner an der Bar und sang ein Lied, das nicht sehr vertrauenerweckend klang: *Yo tengo un pistole / con mango de marfil / para matar a todos los gringos / que vienen por ferrocarril – ich hab eine Pistole mit Griffen aus Elfenbein, um alle Gringos abzuknallen, die hierherkommen mit der Bahn.* Vor ihm auf der Theke lag ein geladener Colt, mit dem er Reed ins Visier nahm, als der die Treppe zu seinem Zimmer hochstieg. Die Zimmerwirtin rettete ihm das Leben: Sie reichte ihm eine mehrere Monate alte amerikanische Zeitung, die Gold wert war, wie sie

sagte, weil es in Jimenez sonst nichts zu lesen gab. Er legte sich aufs Bett und schlug die Zeitung auf, als ein ungebetener Gast das Zimmer betrat: Der betrunkene Mexikaner stand schwankend in der Tür und richtete seinen geladenen Revolver auf John Reed. »Ich bin gekommen, um Sie zu töten«, verkündete er. »Haben Sie noch einen letzten Wunsch, señor?« Statt die Frage zu beantworten, bot Reed ihm eine Zigarette an, die der Mexikaner dankend entgegennahm. »Hören Sie«, sagte er. »Erstens bin ich nicht mit der Eisenbahn angereist, sondern auf einem Maultier, was ziemlich beschwerlich war. Zweitens ist Ihr 45er Colt nicht sehr treffsicher. Das Modell ist veraltet; es stammt von 1895, und wenn ich sterben muss, möchte ich mit einer modernen Waffe erschossen werden!« – »Sie haben recht«, sagte der Eindringling kleinlaut, »aber wir müssen mit dem vorliebnehmen, was uns zur Verfügung steht. Also bringen wir es hinter uns!«
Der Blick des Mexikaners fiel auf die Armbanduhr, die Reed auf den Nachttisch gelegt hatte. »Und was ist das da?« – »Eine Uhr. Damit misst man die Zeit. Gefällt sie Ihnen?« Er streifte dem Angreifer die Armbanduhr über und machte sie ihm zum Geschenk. Es war eine billige Uhr, die Reed für zwei Dollars bei Woolworth gekauft hatte. »¡Gracias, compadre!« Der Mexikaner ließ den Revolver sinken; er dankte ihm überschwänglich, indem er seinen mit Schuhkrem gewichsten Schnauzbart an Reeds Stoppelbart rieb, und sie gingen als Freunde auseinander.

***

Es war nicht zum ersten und nicht zum letzten Mal, dass John Reed dem Tod von der Schippe sprang. Im Sommer 1910 heuerte er zusammen mit Waldo Peirce, seinem Kommilitonen aus Harvard, auf einem Frachter an, der nach

England in See stach. Die beiden mussten Viehställe reinigen, und der Gestank war so schwer erträglich, dass Waldo nach dem Auslaufen über Bord sprang und an Land zurückschwamm; Geld und Papiere hatte er dem Freund übergeben, der sie in seinem Seesack verwahrte. Pierce war ein guter Schwimmer, aber niemand glaubte Reed die Geschichte, und der Kapitän der SS *Bostonian* legte ihm Handschellen an im Glauben, John Reed habe seinen Kameraden ermordet und über Bord geworfen. In London wurde er den Justizbehörden überstellt, die ihn im Schnellverfahren zum Tod durch Erhängen verurteilten. Wie in Schillers Gedicht *Die Bürgschaft* betrat Waldo Pierce, der ihm mit dem Expressdampfer nachgereist war, in letzter Minute den Gerichtssaal und bewirkte Reeds Freilassung, die sie in einem Londoner Pub feierten.

Doch John Reeds Erlebnisse in London und in Mexiko waren nur ein Vorspiel im Vergleich zu dem, was ihm bei dem Versuch, an die französische Front zu gelangen, widerfuhr.

***

Zusammen mit Mabel Dodge, einer Millionärswitwe, die in New York einen Literatursalon unterhielt, schiffte er sich nach Neapel ein in der Hoffnung, rechtzeitig dort zu sein, um über den Kriegseintritt Italiens zu berichten. Aber nichts geschah, und Mabel machte ihm Vorwürfe, weil er sich mehr für Politik interessierte als für sie. Die beiden fuhren mit dem Expresszug nach Genf, wo Diplomaten der kriegführenden Staaten sich ein Stelldichein gaben mit Reportern und Journalisten, Spionen, Abenteurern und Kriegsgewinnlern jeder Couleur. Die Gerüchteküche brodelte, und Touristen aus kriegführenden Staaten, deren Armeen einander mit Artilleriegeschützen beschossen, verbrüderten sich bei Champagner, Wein und Bier. Paris hingegen war eine tote Stadt. Viele Hotels waren geschlossen, und aus Angst vor Luftangriffen machten Cafés und Restaurants um acht die Pforten dicht. Mit Trikoloren geschmückte Waggons voll fröhlich winkender Soldaten rollten zur immer näher rückenden Front und kehrten mit Verwundeten beladen wieder von dort zurück. Die Züge waren unbeleuchtet, und nur der penetrante Geruch von Chloroform verriet, ob es sich um Kriegsinvaliden handelte oder um blutjunge Rekruten, die als Kanonenfutter an der Front verheizt wurden. John Reed war gegen den Krieg, und Mabel beschwerte sich, weil er, statt mit ihr zu schlafen, nächtelang Artikel schrieb, in denen er den preußischen Militarismus ebenso verdammte wie die Raffgier Großbritanniens und Frankreichs Kolonialregime – ganz zu schweigen vom Zarenreich. Im Namen von Kapitalinteressen schlachteten die Völker Europas sich gegenseitig ab, und statt zum Generalstreik aufzurufen, hatten die sozialistischen Parteien, mit wenigen Ausnahmen, für den Krieg gestimmt.

»Verallgemeinerungen sind nicht Deine Stärke«, schrieb der Redakteur des *Metropolitan*, Carl Hovey, und weigerte sich, seine Kommentare zu drucken – nicht aus politischen Gründen, wie Reed mutmaßte, weil der Kriegseintritt der USA noch in weiter Ferne lag. »Du bist kein Analytiker, aber Du schaust genau hin, und unsere Leser wollen hören, was Du im Feld und an der Front erlebst.«

***

Deutschland erzielte einen Geländegewinn nach dem anderen, und die Berichterstattung unterlag der Zensur, die strenger gehandhabt wurde als in Mexiko, weil die Propaganda Teil der Kriegsführung war. Trotzdem oder gerade deshalb beschloss John Reed, sein Glück zu versuchen und sich, koste es, was es wolle, zur Front durchzuschlagen. Mit einem ärztlichen Attest, das ihm eine *Angina pectoris* bescheinigte, die in Nizza behandelt werden müsse, hatte er mehrere Checkpoints passiert, als eine britische Militärpatrouille ihn stoppte und zusammen mit seinem Kollegen Robert Dunn französischer Gendarmerie übergab. Beide wurden die Nacht hindurch verhört und mussten sich schriftlich verpflichten, in Zukunft kein militärisches Sperrgebiet mehr zu betreten. »Und was ist, wenn wir nicht unterschreiben?« – »Dann kommen Sie in Gefangenschaft und müssen als Kettensträfling unter Tage arbeiten«, sagte der das Verhör leitende Polizeipräfekt: »Dort können Sie in Ruhe über alles nachdenken!«

Als er ins Hotel zurückkehrte, war Mabel Dodge abgereist – diesmal für immer, wie Reed mutmaßte. In der Hoffnung, seine Schreibblockade zu überwinden, fuhr er nach London, wo, anders als in Paris, Festtagsstimmung herrschte. Aus Sicht der herrschenden Klasse war das Empire unbesiegbar, und wie anderswo stimmte die Arbeiterschaft in den patriotischen Jubelchor ein. Auch in den Vereinigten Staaten begann die Stimmung zu kippen, Kriegsgegner gerieten in die Defensive, und von bösen Vorahnungen geplagt, reiste Reed nach Calais, wo er mit Matrosen und Prostituierten in einer Hafenkneipe die Nacht durchzechte. Er gab Champagner aus, und Reed war volltrunken, als er im Morgengrauen, auf dem Weg zum Seemannsheim, einer Polizeistreife in die Arme lief. »Halt, stehen bleiben, wer sind Sie, und wo wollen Sie hin?« Nach Überprüfung seiner Papiere wurde er zur Ausnüchterung in eine Zelle gesperrt und schlief, vom Alkohol benebelt, auf der Pritsche ein. »Das ist unerhört«, sagte der Präfekt, der ihm zwei Stunden später unter einem Bild des Präsidenten Poincaré gegenübersaß –

oder war es General Joffre? Das Gesicht des Mannes kam ihm bekannt vor, aber Reed hatte vergessen, wann und wo er ihm begegnet war. »Wirklich unerhört! Sie haben sich schriftlich verpflichtet, kein militärisches Sperrgebiet zu betreten« – er schwenkte ein Schriftstück mit Reeds Unterschrift. »Der Hafen von Calais ist *off limits* für Ausländer, und ausgerechnet hier erfrechen Sie sich, defätistische Reden zu halten und französische Matrosen zur Desertion zu ermuntern!« – »Mit Spionen machen wir kurzen Prozess«, fuhr der Präfekt fort, nachdem er sich mit einem Schluck Kaffee gestärkt hatte, »aber eine Exekution am hellen Tag erregt zu viel Aufsehen, und ich habe angeordnet, Ihre Erschießung auf morgen zu verschieben. Vorher will der Gefängnispfarrer ein Wörtchen mit Ihnen reden!«
John Reed habe es darauf angelegt, verhaftet und hingerichtet zu werden, schrieb sein Ex-Kommilitone Walter Lippmann, und wie so oft kam die Übertreibung der Wahrheit nahe. Aber noch war es nicht so weit. Der Gefängnisgeistliche alarmierte den amerikanischen Konsul, und statt Reed standrechtlich zu erschießen, entzog man ihm die Aufenthaltserlaubnis und wies ihn mit sofortiger Wirkung aus Frankreich aus.

***

Nach einem Zwischenaufenthalt in Zürich, wo er das Kabarett Voltaire besuchte, reiste Reed nach Berlin, akkreditierte sich bei der Pressestelle des Heeres und beantragte eine Genehmigung zum Besuch der Westfront – Journalisten aus neutralen Staaten war das erlaubt. Statt Mabel zu treffen, die im Hotel *Adlon* auf ihn wartete, interviewte er Karl Liebknecht, der gegen die Kriegskredite des Kaisers gestimmt hatte und ihm inmitten des Hurra-Patriotismus kleinlaut und mutlos vorkam. Ähnlich wie in Mexiko oder

Paris bestand der Krieg aus Warten und Nichtstun, und als Reed resignierte und Vorbereitungen zur Abreise traf, erhielt er die Erlaubnis zum Besuch eines Frontabschnitts bei Ypern, von wo heftige Kämpfe gemeldet wurden. Zusammen mit Robert Dunn, der ihm nachgereist war, fuhr er im Sonderzug durch das von deutschen Truppen besetzte Belgien zur Front. Pioniereinheiten des Heeres und zwangsrekrutierte Arbeiter setzten Straßen und Brücken, Bahnhöfe und Schulen instand, die Bauern brachten die Wintersaat aus, und es sah so aus, als werde Deutschland sich die eroberten Gebiete auf Dauer einverleiben. Nur die feindseligen Blicke der Passanten und der zwischen den Zähnen hervorgestoßene Fluch *Sales boches!* passten nicht dazu, und kein Mensch bückte sich nach den aus fahrenden Autos geworfenen Münzen, mit denen die Besatzer die Bevölkerung für sich zu gewinnen hofften. »Römer, Kelten, Germanen, Engländer und Franzosen haben um diese blutgetränkte Erde gekämpft«, sagte Kronprinz Ruprecht von Bayern, der in einer durch Artilleriebeschuss beschädigten Villa Quartier bezogen hatte, »und das Reich holt sich zurück, was ihm von Rechts wegen gehört!« Nach dem deutschen Sieg, an den er felsenfest glaube, werde er Amerika besuchen, fügte er hinzu, setzte sich an einen Konzertflügel, der den Beschuss unversehrt überstanden hatte, und spielte Dvořáks Symphonie *Aus der Neuen Welt*. Der Kronprinz war ein guter Pianist, und während die Besucher dem Klavierspiel lauschten, wurde Champagner serviert, um auf die Gesundheit des Kaisers anzustoßen, gefolgt von Ochsenschwanzsuppe und bayrischem Bier.
»Ich bitte um Verzeihung«, sagte Reed und klopfte mit einem Teelöffel an sein Glas. »Wir Reporter sind keine Boyscouts, und wir sind nicht nach Ypern gekommen, um Champagner zu trinken, was Pfadfindern streng verboten

ist. Trotzdem vielen Dank!« Und er bat für sich und seinen Kollegen um die Erlaubnis, das Kampfgeschehen aus der Nähe zu sehen, um die Erfolge der deutschen Truppen glaubhaft schildern zu können. Seine Worte wurden von Kanonendonner skandiert, der langsam, aber stetig näher kam. Dann setzte das Artilleriefeuer aus, und nur ein feines Surren war zu hören, wie von den vibrierenden Schienen eines sich nähernden Zuges, während Reed und Dunn gebückt durch Laufgräben rannten, besudelt mit Schlamm, der wie Wasser aufspritzte beim Einschlag einer Kugel oder eines Schrapnells, und Schutz suchten hinter einer Brustwehr aus Stahl. »Möchten Sie auch einmal?«, fragte der diensthabende Offizier und reichte ihm ein Präzisionsgewehr, mit dem Reed, durchs Zielfernrohr spähend, zwei ungezielte Schüsse abgab in Richtung französische Front. Auch Robert Dunn versuchte sein Glück und schoss in einen nur zweihundert Meter entfernten Schützengraben, aus dem Gewehrfeuer blitzte. Anschließend tranken sie Bier und rauchten Zigaretten mit Rekruten aus Bayern, die geduckt, mit eingezogenen Köpfen, die Wachablösung erwarteten. Erst jetzt begriff Reed, dass die verrenkten Arme und Beine und im Stacheldraht steckenden Helme und Stiefel deutschen und französischen Soldaten gehört hatten, die tot oder verwundet im Schlamm versunken und vom Regen hochgespült worden waren.
Der Fronteinsatz hatte ein Nachspiel, denn Robert Dunn war töricht genug, sich in der *New York Post* mit seinen Heldentaten zu brüsten und dabei John Reed zu erwähnen. Daraufhin wurden beide vom französischen Generalstab zur *persona non grata* erklärt und *in absentia* zum Tode verurteilt. Theodore Roosevelt, Großwildjäger und Ex-Präsident der Vereinigten Staaten, schaltete sich ein und schrieb an General Joffre: »An Ihrer Stelle würde ich John Reed an

die Wand stellen und standrechtlich erschießen. Aber ich bin mit seinem Vater befreundet und bitte Sie, Gnade vor Recht ergehen zu lassen. Das Ganze ist nur ein dummer Jungenstreich, ähnlich wie seine Begeisterung für Pancho Villa und für die mexikanische Revolution!«

***

John Reeds Renommee fiel auf einen nie da gewesenen Tiefstand. Die öffentliche Meinung schwang um zugunsten des Kriegseintritts der USA, und sein Einsatz für Frieden und Neutralität verlor seine Glaubwürdigkeit, weil Reed, wie es hieß, kein Pazifist, sondern ein Vaterlandsverräter sei, der für Deutschland Partei ergreife. Was er wirklich dachte und wie haltlos die Anschuldigung war, zeigt der folgende Text, der das Fazit aus seinem Frontbesuch im Ersten Weltkrieg zieht:

»Der dritte Mann war weiß wie Elfenbein. Wundbrand hatte eingesetzt, und man hatte ihm beide Beine an den Oberschenkeln amputiert. Er war ein erfolgreicher Langstreckenläufer gewesen. Der deutsche General hielt ihm das Eiserne Kreuz vor die Augen, und er streckte langsam die Hand danach aus, zog es näher zu sich heran, drehte es hin und her und ließ es zu Boden fallen ohne ein weiteres Wort.« (Übersetzt von mir, H. C. B.)

## Ein Stolperstein namens Liane

Als du frühmorgens aus der Tür trittst, um Brötchen zu holen, stolperst du über einen Stein, den der deutsche Künstler Gunter Demnig vor deiner Haustür im Trottoir verankert, das früher Bürgersteig hieß: kein Pflasterstein, sondern ein zehn Zentimeter hoher Stolperstein mit quadratischer Oberfläche, 96 x 96 Millimeter, der mit Messing überzogen ist – *coaten* lautet der Fachausdruck dafür. Man könnte auch koten sagen, denn die Passanten gehen achtlos daran vorbei, schreiten darüber hinweg oder streifen an den Schuhen haftenden Kot an den Stolpersteinen ab, deren Erfinder, Gunter Demnig, mit in die Messingschicht geritzten Namen und Daten an Juden und andere Verfolgte erinnert, die hier gelebt haben, bevor der NS-Staat sie zur Auswanderung zwang oder nach Polen deportierte, um sie dort mit Zyklon B zu ermorden. Die Stadtverwaltung von München hatte gegen die Stolpersteinverlegung votiert, da diese aus Sicht der Vorsitzenden der jüdischen Gemeinde die Würde der Opfer verletzten. Doch Befürworter der mit Spenden finanzierten Stolpersteine, von denen jeder 120 Euro kostet, machten geltend, dass Vorübergehende sich vor den Opfern verneigten, um deren Namen zu lesen, und dass Anwohner das Messing auf Hochglanz polieren sowie Blumen darauf ablegen zum Gedenken an die Toten. (In München protestierten 90.000 Menschen gegen das innerstädtische Verbot, und ebenso viele Stolpersteine ließ Gunter Demnig inner- und außerhalb Deutschlands bis heute verlegen – das nur in Klammern.)

Die Einschläge kommen näher, räumlich wie zeitlich, und

du kannst nicht länger stillhalten vor der Tragödie, die sich in der zum Spreeufer führenden Straße in Tiergarten, wo du seit über dreißig Jahren wohnst, abspielte ein Menschenalter zuvor – ein Ozean von Leid, der sich nicht mit Worten vergegenwärtigen oder ausschöpfen lässt. War gewesen: Das Plusquamperfekt hilft nicht weiter, so wenig wie die Gnade der späten Geburt, denn auf dieser Vergangenheit, die nicht vergeht, beruht das Selbstverständnis der Bundesrepublik, das je nachdem gute oder schlechte Gewissen der Deutschen, zu denen auch du gehörst, und das in Sonntagsreden mit dem Refrain »Nie wieder« oder »Wehret den Anfängen« zum Ausdruck kommt. Betroffenheitskitsch, folgenlos aus Sicht der Opfer und Hinterbliebenen, weil wir um den heißen Brei herumreden aus Angst, uns die Zunge zu verbrennen wie Martin Walser, der schon vor seinem Paulskirchen-Auftritt Auschwitz beschwor als *Raison d'être* des Staates Israel, wogegen nichts einzuwenden ist, aber auch als Gründungsmythos der BRD: So als habe die Bonner Republik Celans Todesfuge zur Nationalhymne erkoren. »Unser Auschwitz« hieß der Buchtitel, mit dem Walser den Holocaust vereinnahmte, Opfer und Täter vorschnell versöhnend, während er »bebend vor Mut«, wie er sagte, in Frankfurt die Auschwitzkeule schwang. Verkehrte Welt! Papier ist geduldig, und du willst den verstorbenen Kollegen, den du früher bewundert hast, hier nicht zur Schnecke machen. Nach diesem verstolperten Einstieg kehrst du zum Ausgangspunkt zurück.

***

Nein, es stimmt nicht, dass der Stolperstein mit der Aufschrift *Liane Löw / deportiert 17. 5. 1943 / in Auschwitz ermordet*, sich vor deiner Haustür befindet, er liegt im Eingangsbereich des Nachbarhauses Thomasiusstrasse 11 neben drei weiteren Steinen, die an Lianes nach England emigrierten Bruder Willy sowie an ihre Eltern Nuchem und Erna Löw erinnern. Richtig ist jedoch, dass du dich erst jetzt, viel zu spät, für die Geschichte der Straße interessierst, in der du wohnst, einschließlich ihres Namensgebers Christian Thomasius, eines Kollegen von dir, Theologe, Philosoph und Redakteur einer Zeitschrift, deren Beiträge, zuerst lateinisch und später in Deutsch, er selber verfasste. Thomasius war ein Frühaufklärer wie Leibniz, der jüdischer Herkunft war, und kämpfte zeit seines Lebens gegen die religiöse Orthodoxie, gegen Teufelsaustreibungen und Hexenprozesse, von denen ein direkter Weg zu Judenpogromen führte, mit dem Unterschied, dass mit Juden kurzer Prozess gemacht wurde, während Hexen noch im 18. Jahrhundert so lange viehisch gefoltert wurden, bis sie gestanden, mit Satan Unzucht zu treiben. »Es ist eine Schande für uns Christen, wenn wir nur einen Augenblick daran zweifeln, ob den Juden der volle Besitz aller Menschenrechte zieme«, schrieb Thomasius vorausschauend zu einem Zeitpunkt, als die rechtliche Gleichstellung der Juden noch in weiter Ferne lag.

Aber warum gehst du nicht gleich *in medias res*? Weil du nicht 114 Personen literarisch zum Leben erwecken kannst, deren stets gefährdete Existenz in Theresienstadt Kaunas Birkenau endete, die Dunkelziffer der in Kellern, Dachböden und Gartenlauben Versteckten nicht mitgezählt, von denen nur wenige überlebten, um Zeugnis abzulegen wie Konrad Latte Michael Degen Hans Rosenthal. Die Fülle des Stoffs überwältigt und überfordert dich, du kapitulierst vor deiner selbstgestellten Aufgabe, an der Begabtere als du wie Paul Celan Nelly Sachs Primo Levi scheiterten, die erlebt und durchlitten hatten, was du nur aus zweiter Hand kanntest, Büchern oder Dokumenten entnahmst und mühsam nachvollzogst. Die Einfühlung versagt, weil du dir nicht vorstellen kannst oder willst, wie es ist, von einer Person mit Vor- und Nachnamen, Geburtsdatum und Adresse zum Toten auf Abruf mit einer in den Unterarm tätowierten Nummer zu werden. Und selbst das war ein Privileg, weil als arbeitsfähig eingestufte Häftlinge eine, wenn auch nur minimale, Überlebenschance hatten gegenüber denen, die an der Rampe ausgesondert und anonym, ohne Registrierung, in als Duschen getarnten Gaskammern ermordet wurden.

Liane Löw war kurz zuvor sechzehn geworden, aber sie wog nur 45 Kilo und war zu klein für ihr Alter aufgrund der Mangelernährung, körperlich unterentwickelt, aber von hellwacher Intelligenz, frühreif wie Anne Frank, die aus der Amsterdamer Prinsengracht ins Lager Westerbork deportiert wurde, nachdem Nachbarn das Versteck ihrer Familie bei der Gestapo angezeigt hatten. Beide starben mit knapp sechzehn, Anne Frank in Bergen-Belsen, wo sie kurz vor der Befreiung durch britische Soldaten einer Typhusepidemie erlag, während Liane Löw, schmächtig, wie sie war, gewogen und zu leicht befunden, auf der Rampe ausgesondert und mit ihren Eltern vergast worden ist. Das tragische Gegenmodell zu Marion Michael, die, ebenfalls mit sechzehn, als weiblicher Tarzan, nur mit Lendenschurz bekleidet, das Nachkriegspublikum begeisterte in dem Film *Liane, das Mädchen aus dem Urwald*. Und dazu passt, dass Ernst von Salomon das Drehbuch schrieb, der wegen Beteiligung am Rathenau-Mord rechtskräftig verurteilt, aber trotz des jüdisch klingenden Nachnamens Freikorpsmann und Mitglied der antisemitischen Brigade Ehrhardt war. In seinem Bestseller-Roman *Der Fragebogen* hat von Salomon den Prozess der Entnazifizierung als Farce hingestellt. Dass er kein NSDAP-Mitglied war und sich in der Nazizeit anständig verhielt, entlastet ihn nicht von seiner rechtsradikalen Vergangenheit. Nur Hardy Krüger passt nicht ins Bild, weil der Ex-Napola-Schüler, der Liane im Urwald entdeckt, richtige Lehren aus der NS-Zeit zog.

*Non scholae sed vitae discimus*: Dieses Diktum hat Liane Löw vermutlich in der Schule gehört, wo sie Latein Hebräisch Englisch Mathe Chemie und Biologie büffelte – Französisch konnte sie schon, während ihre Lehrer einer nach dem andern deportiert wurden und in der Versenkung verschwanden. Obwohl Juden der Besuch von Sportplätzen und Parks verboten war, brachte sie sich selbst das Schwimmen bei. Hätte Liane eine Zukunft gehabt, hätte sie wie ihr Bruder eine Familie gründen und einen Beruf ausüben können – es durfte nicht sein!

***

»Wir duzen uns, und jeder bringt Kuchen mit«, stand auf der Einladung, die jemand morgens, noch vor dem Briefträger, der erst nachmittags kommt, in den Postkasten steckte. AN ALLE war der Text überschrieben wie Lenins berühmtes Telegramm, in dem er Brot und Frieden versprach – oder war es Sowjetmacht plus Elektrifizierung? Und es ist dir nicht klar, ob die Anrede sich auf alle Berliner, auf die Anwohner des Tiergartens oder nur auf die Thomasiusstrasse bezog. Du bist Berichterstatter von Beruf, doch die Berichte, die du für Zeitungen und Zeitschriften schreibst, manchmal auch fürs Radio oder Fernsehen, handeln von fernen Ländern in entlegenen Ecken der Welt, je weiter weg, desto besser: Deine nächste Umgebung hat dich nie interessiert, weil man, was ständig vor Augen steht, leicht übersieht oder weil dir, Gott weiß warum, Fernstenliebe wichtiger war als Nächstenliebe. Trotzdem oder gerade deshalb, zwei Konjunktionen, die wie Synonyme klingen, machst du dich zur angegeben Zeit auf den Weg, angelockt von Kaffee und Kuchen, um die Bürgerinitiative mit einer Spende zu unterstützen, die steuerlich absetzbar ist, wie es im Begleitschreiben heißt.

Absender der auf Computerpapier gedruckten Einladung ist eine als gemeinnützig anerkannte Organisation namens »Stolpersteine«, die sich allgemeiner Wertschätzung erfreut: Nur direkt Betroffene sind *not amused* zu hören, dass ihrer in Gaskammern ermordeten Eltern und Großeltern mit Pflastersteinen gedacht werden soll, einbetoniert auf Straßen und Wegen überall dort, wo diese zuletzt polizeilich gemeldet waren.

Für den Fall, dass man dich bitten würde, etwas zu sagen, notierst du Stichworte, die dir spontan einfallen und zusammen eine Art Litanei ergeben: Grundstein, Prüfstein, Stein des Anstoßes / eins zwei drei vier Eckstein, alles muss versteckt sein / viel Steine gab's und wenig Brot / am Grunde der Moldau wandern die Steine / mein Vater war ein Rolling Stone / kein Stein blieb auf am anderen / wer von euch ohne Sünde ist, der werfe den ersten Stein / die versteinerten Verhältnisse zum Tanzen bringen, indem man ihnen ihre eigene Melodie vorspielt / Bond hatte eine natürliche Abneigung gegen Leute, deren Namen auf -escu, -owitsch oder -stein endeten / und, last but not least, ein Zufallsfund aus der Penthesilea von Kleist: »Stehe fest, wie das Gewölbe steht / Weil seiner Blöcke jeder stürzen will! / Beut deine Scheitel, einem Schlussstein gleich / Der Götter Blitzen dar, und rufe, trefft!« Damit, so schien dir, war alles gesagt.

Dann läufst du an einem Friseursalon vorbei, aus dem dir dein Friseur zuwinkt, der sich damit brüstet, einem Bundespräsidenten die Haare geschnitten zu haben, und spähst durch die Jalousie eines von den Behörden geschlossenen

Fotostudios, in dem junge Frauen, die Models werden wollten, für Aktfotos posierten. Ohne auf die rote Ampel zu achten, überquerst du die Straßenkreuzung und gehst, statt nach links abzubiegen, geradeaus weiter zu dem kleinen Friedhof, der, vis-à-vis des von Bronzelöwen bewachten Eingangs zum Amtsgericht Moabit, dein liebster Aufenthaltsort ist. Das Wort Kiez fällt dir ein, und obwohl du dich weigerst, die Stadtteile von Berlin so zu bezeichnen, gestehst du dir widerwillig ein, dass du in diesem Kiez, an der Grenze zwischen Tiergarten und Moabit, zu Hause bist.

***

»Der Wahn allein war Herr in diesem Land. / In Leichenfeldern schliesst sein stolzer Lauf. / Und Elend, unermessbar, steigt herauf«, steht auf einer Bronzetafel am Eingang des Friedhofs mit dem Hinweis, dass hier über 300 Kriegstote in Massengräbern beigesetzt sind, zumeist Frauen, Kinder und Greise, die als letztes Aufgebot des Dritten Reichs bei Straßenkämpfen ums Leben kamen. Der Kies knirscht unter deinen Schuhsohlen bei dem Gedanken, dass du buchstäblich über Leichen hinweggehst, während du schwer lesbare Inschriften auf bemoosten Steinen zu entziffern versuchst, unter ihnen namentlich bekannte Familien und andere, die ohne Namensnennung anonym verscharrt worden sind. Der Kältehauch der Geschichte weht dich an, und du versuchst vergeblich, dir vorzustellen, wie es im April 1945 hier aussah, als ein Mordkommando der SS den Dichter Albrecht Haushofer, Sohn des mit Rudolf Hess befreundeten Geopolitikers, aus dem Zellengefängnis Moabit verschleppt und auf einem Trümmergrundstück in der Lehrter Straße erschossen hat. Doch dein Vorstellungsvermögen versagt, obwohl du die Trümmer der Reichshauptstadt von Wochenschauaufnahmen und grobkörnigen Schwarzweißfotos her kennst und auf einer Klassenfahrt nach Berlin 1961 noch mit eigenen Augen gesehen hast. Erst Anfang Juni graben von Anwohnern informierte Rotarmisten Haushofers Leichnam aus und entdecken unter dem von Kugeln zerfetzten Hemd ein mit winziger Schrift auf DIN-A4-Seiten geschriebenes Manuskript, das, von der sowjetischen Militärverwaltung publiziert, im Herbst 1945 unter dem Titel *Moabiter Sonette* zum Kultbuch avanciert. Deine Phantasie kapituliert vor der übermächtigen Realität; erst als du die in den Bordstein gekerbten Spuren eines Schrapnells vor dir siehst, zeugend vom Häuserkampf, der hier tobte, fällt dir ein, dass dir solche Asphaltblumen, wie du sie nennst, als Kriegsreporter in Bosnien und Tschetschenien begegnet sind. Und erst jetzt, im Nachhinein, wird dir klar, warum du dich freiwillig gemeldet und Risiken auf dich genommen hast, die kein festangestellter Redakteur eingehen wollte: um besser zu verstehen, was in der Endphase des Zweiten Weltkriegs passierte, als du, eine Woche vor Führers Geburtstag, das Licht der Welt erblickt hast, wie es so schön heißt.

Du klaubst Kiesel vom Boden auf und legst sie auf den Gedenkstein für Albrecht Haushofer, der hier in einem Ehrengrab beigesetzt ist. Vor Jahren trafst du ein Kamerateam des Fernsehens auf dem Friedhof an, im Begriff, einen Mann im grauen Anzug zu filmen, der ein Blumengebinde an Haushofers Grab niederlegte und mit routinierter Geste, wie Politiker dies tun, die Kranzschleifen glattstrich. Es war Haushofers Sohn; im Gespräch stellte sich heraus, dass er deine Interpretation eines Gedichts seines Vaters in der FAZ gelesen hatte. Und er lud dich ein, ihn am Starnberger See zu besuchen, um dir das blutbefleckte Manuskript der *Moabiter Sonette* zu zeigen, das er im Safe seiner Villa aufbewahrt.

Du setzt dich auf eine Parkbank, um auf andere Gedanken zu kommen, und durchwühlst deine Manteltaschen auf der Suche nach Erdnüssen, die du, vornübergebeugt wie der Denker von Rodin, an Eichhörnchen verfütterst. Die Nagetiere sind so zahm, dass sie dir aus der Hand fressen. Von Birkenlaub gesprenkeltes Sonnenlicht wärmt die Bank, auf der du sitzt, für Sekundenbruchteile schließt du die Augen, und statt des rotbraunen Eichhörnchens, das vorsichtig näher hüpft und am Aufschlag deiner Hose zupft, rollt mit rasselnden Ketten ein Sowjetpanzer auf dich zu und schwenkt sein Geschützrohr auf den Unbekannten, der sich, aus der Zukunft kommend, ins Frühjahr 1945 verirrt hat. An dir herabblickend, siehst du, dass du eine feldgraue Uniform trägst. Du wirfst eine Panzerfaust in die Einstiegsluke und taumelst kopfüber in ein Massengrab. Dieses Bild vor Augen, wachst du auf und siehst beim Blick auf die Uhr, dass das Treffen der Stolperstein-Initiative vor zehn Minuten begonnen hat.

***

Die Zusammenkunft findet in einem Nebengebäude der Kirche statt, an deren Mauer der Friedhof grenzt, und um besser zu hören – seit deinem sechzigsten Geburtstag hörst du schlecht –, nimmst du in der ersten Stuhlreihe Platz, einen Becher Kaffee und einen Pappteller mit Kuchen auf den Knien, Streusel- oder Käsekuchen, Genaues ist im Halbdunkel nicht zu erkennen. Eine Sprecherin der Bürgerinitiative beamt Bilder auf eine Leinwand in der Tiefe des Raums, wo sonst der Konfirmationsunterricht stattfindet, an den Rändern gezackte Schwarzweißfotos von Menschen mit sechseckigen Sternen auf der Brust, Namenslisten von Deportierten, die am S-Bahnhof Grunewald in Viehwaggons gepfercht wurden, Karteikarten von KZ-Häftlingen, Telegramme jüdischer Hilfskomitees und Suchanfragen des Roten Kreuzes. Es dauert lange, bis die spärliche Hinterlassenschaft der Ermordeten sich zu einem Gesamtbild zusammenfügt, das den Umfang, die Breite und Tiefe des Menschheitsverbrechens erahnen lässt. Dein Atem stockt, was du siehst und hörst, verdirbt dir den Appetit, und du machst dich so klein wie möglich, um nicht gesehen zu werden, als Neonlicht auf dich fällt, die Leuchtröhre an der Decke flammt auf, und eine Sprecherin der Stolperstein-Initiative möchte wissen, wer du bist und was dich hergeführt hat.

»I forgot to remember to forget«, hörst du dich sagen, doch niemand scheint den Song von Elvis Presley zu kennen und die subtile Anspielung zu verstehen. Die Aufregung macht dich beredt, und in kurzen Worten legst du dar, seit Hochhuths *Stellvertreter*, dem Fernsehfilm *Holocaust* und *Schindlers Liste* von Spielberg könne niemand mehr sagen, er habe von nichts gewusst. Es sei nie zu spät, darüber zu reden, doch jeder Einzelne müsse sich fragen, was er oder sie mit dem Gedenken bezwecke. Zwar sei es gut und richtig, stets aufs Neue an den Holocaust zu erinnern, aber bitte ohne nachträgliche *political correctness*, so als seien wir Nachgeborenen gegen antisemitische Vorurteile und totalitäre Versuchungen gefeit.

Keine Hand regt sich zum Beifall; stattdessen betretenes Schweigen, als hättest du die Hosen heruntergelassen und der Versammlung den nackten Hintern gezeigt. Du musst rot und blass geworden sein, und um deine Verlegenheit zu verbergen, steckst du einen Hundert-Euro-Schein in die Sammelbüchse, die man dir am Ausgang entgegenhält.

»Sie wollen sich freikaufen«, sagt eine Frau mit Sonnenbrille, die dir auf die Straße gefolgt ist, mit New Yorker

Akzent: »Kein Wunder, dass niemand applaudiert!« Oder ist es ein kalifornischer Akzent? Weder noch – die Frau kommt aus Maui, der zweitgrößten Insel Hawaiis. Sie heiße Ruth, sagt sie: Nach Kriegsende sei ihre Mutter über England und Kanada in die USA gelangt und habe sich in New York niedergelassen. »Bei dem Versuch, die größtmögliche Distanz zwischen mich und meine Herkunft zu legen, strandete ich in Hawaii. Dort habe ich ein Geschäft aufgemacht. Wissen Sie, was ein Curio-Shop ist?« Zuerst habe sie mit Hula-Hopp-Reifen gehandelt, fährt sie fort, ohne deine Antwort abzuwarten, später mit Surfbrettern und Bermuda-Shorts. Surfboards würden nur noch in Spezialläden verkauft, Bermuda-Shorts seien nicht mehr gefragt, also habe sie die Produktion auf Hawaii-Hemden und T-Shirts umgestellt mit Aufdrucken wie *Welcome to Maui* und *Aloha*!

»Oder Jai Alai«, wirfst du ein, aber Ruth verbessert dich: *Jai Alai* sei ein Ballspiel aus dem Baskenland und habe mit Hawaii nichts zu tun. »Der Curio-Shop wurde zur Ladenkette – ähnlich wie *Banana Republic*, wenn Sie wissen, was das ist –, und ich verdiente so gut, dass ich mich zur Ruhe setzte und auf Reisen ging. Auf diesem Umweg, von der anderen Seite des Globus, kam ich nach Europa, um das ich stets einen Bogen gemacht hatte, und nach Berlin, das ich nie wiedersehen wollte.«

»Und warum erzählen Sie mir das?«

»Um Ihnen ein Geschäft vorzuschlagen: Ich zeige Ihnen Hawaii, Sie führen mich durch Berlin! Wir müssen uns beeilen: Maui liegt in Trümmern wie Berlin 1945, ein Großfeuer in Lahaina hat hundert Menschen getötet!«

***

Mein Name ist Lea Liane Löw, und das dreifache L ist kein Zufall, denn wir Juden waren und sind das Volk der Schrift. Mein Großvater mütterlicherseits war Rabbiner und stammte aus einer Dynastie von Thoragelehrten in Galizien, das damals zu Österreich gehörte, bevor es zum *dark and bloody ground* der Judenverfolgung und Judenvernichtung wurde. Meine 1897 geborene Mutter Erna Esther Rimalt zog im Ersten Weltkrieg nach Wien, wo sie 1921 den demobilisierten Soldaten Nuchem Löw heiratete, der von seinem Bruder erworbene Mietshäuser verwaltete, zunächst in Wien, später auch in Berlin. 1922 wurde ihr ältester Sohn Willy geboren, fünf Jahre später kam ich in Wien zur Welt, bevor meine Eltern 1934 nach Berlin übersiedelten in der Annahme, Hitler käme irgendwann zur Vernunft und am Spreeufer sei der Judenhass nicht so tief verwurzelt wie in der Donaumonarchie. Vielleicht ließen sie sich deshalb in Tiergarten nieder statt in Berlin-Mitte, wo mein Onkel ein mehrstöckiges Mietshaus besaß, das beim Absturz eines britischen Bombers in Flammen aufging – doch ich eile den Ereignissen voraus. Im Auftrag seines Bruders verwaltete mein Vater dessen Immobilien, bis diese 1936 enteignet wurden unter Berufung auf die Nürnberger Gesetze. Nuchem Löw trat die Hausverwaltung an einen Arier ab, und wir wurden in eine Zweizimmerwohnung im Hinterhaus einquartiert. Fortan waren wir mittellos, mein Vater musste Zwangsarbeit leisten, und meine Mutter schuftete für Hungerlöhne bei der AEG, während ich auf der Schule Adass Jisroel in Siegmundshof Hebräisch lernte.

Auch mein Bruder Willy ging dort zur Schule, bis es meinen Eltern gelang, ihn mit einem Kindertransport nach England zu evakuieren. Unterstützt vom jüdischen Hilfskomitee, besuchte er die Thoraschule in Newcastle und wurde bei Kriegsbeginn als *enemy alien* zusammen mit deutschen Gefangenen auf der Isle of Man interniert und später von dort nach Ottawa verschifft. Statt Rabbiner zu werden, wie meine Mutter es wünschte, studierte Willy Physik in Kanada und den USA. 1950 siedelte er unter dem Namen Ze'ev Lev nach Tel Aviv über und gründete das Lev Academic Center am Jerusalem College of Technology.

Was wurde aus mir? Bei dem als Reichskristallnacht verharmlosten antisemitischen Pogrom traf die Gestapo meinen Vater nicht an. Rechtzeitig vorgewarnt, schickten die Eltern mich zu Verwandten nach Brüssel, wo Tante Lola mich unter ihre Fittiche nahm. Ich lernte Französisch, und als die Wehrmacht Belgien und Frankreich überfiel, floh ich mit Verwandten nach Arcachon, wo die Grenze zwischen dem Hitler hörigen Vichy-Regime und dem unbesetzten Teil Frankreichs verlief. Von hier aus bemühte sich Tante Lola um ein Visum für die USA, das an Fürsprachen dort lebender Angehöriger oder Freunde gekoppelt war. Nach zermürbendem Hin und Her bekam sie das Affidavit durch Vermittlung eines entfernten Verwandten, des in Marseille sesshaften Inhabers der Gummifabrik *Aigle*, die bald darauf arisiert wurde. Lolas Freude war groß, aber das Visum hatte einen Schönheitsfehler: Es galt nur für Mitglieder der eigenen Familie – die Mitnahme ihrer Nichte war nicht gestattet. So kehrte ich gezwungenermaßen dorthin zurück, von wo ich drei Jahre zuvor unter dramatischen Umständen geflohen war. Doch das Leben in Berlin war unlebbar geworden, weil häufiger Bombenalarm die Bewohner in Luftschutzkeller trieb, die für Juden *off limits* waren, und weil die Gestapo meinen Eltern die letzte Verdienstmöglichkeit entzog.

***

Die Thomasiusstrasse ist nicht lang. Wie das im Krieg zerstörte Hansaviertel ist sie mit Stolpersteinen gepflastert, die du stets aufs Neue abschreitest. Der Bezirk rund um den Tiergarten beherbergte nicht nur Reichstag und Reichskanzlei, Ministerien und Botschaften der Achsenmächte – er war ein bevorzugter Wohnort von Mittelklasse-Juden, die in der Gründerzeit oder der Weimarer Republik den sozialen Aufstieg geschafft hatten. Die 1914 eingeweihte Synagoge in der Levetzowstrasse war ein Zentrum jüdischen Lebens und diente nach 1940 als Sammelstelle für Deportationen, an die heute ein Mahnmal in Form eines Eisenbahnwaggons erinnert.

Liane Löw war mehr als nur ein aufgewecktes Mädchen, wie es auf der Homepage der Stolperstein-Initiative heißt: Eine durch leidvolle Erfahrungen gereifte Jugendliche, warmherzig und intelligent – ihre Briefe an die Eltern und den nach England evakuierten Bruder sind so erschütternd zu lesen wie das Tagebuch der Anne Frank. Vor dem Hintergrund der Judenverfolgung wurde die banale Floskel »Wie geht es Euch?« zur Frage von Leben und Tod, und »Bei uns nichts Neues« hieß nicht, dass alles in Ordnung war.

Was folgt, ist eine Textcollage mit Auszügen aus Briefen von und an Liane Löw, die Shimon Lev, der in Tel Aviv lebende Sohn von Willy Löw, der Stolperstein-Initiative übermittelte – dafür sei ihm ausdrücklich gedankt.

Arcachon, 23. Mai 1940

Lieber Willy, endlich komme ich dazu, Dir zu schreiben. Seit einer Woche bin ich in Frankreich. Als Deutschland in Belgien einrückte, saß ich mit dem Rest der Familie in einem Flüchtlingszug. Bis Rouen waren wir dreißig Stunden unterwegs. Dort haben wir im Hotel übernachtet und fuhren weiter mit dem Zug nach Paris, wo wir eine Stunde Aufenthalt hatten. Ich habe den Eiffelturm gesehen! Dann ging es weiter nach Bordeaux, keine schöne Stadt, und es war schwer, eine Unterkunft zu finden. Wir reisten weiter nach Arcachon und blieben dort, eine Stunde entfernt von Bordeaux. In Arcachon haben wir ein Appartement gemietet. Von hier ist es nicht möglich, den Eltern zu schreiben. Bitte schreib Du ihnen, dass es mir gut geht und ich gesund bin. Arcachon ist eine kleine Stadt, hier gibt's keinen Luftalarm. Ich küsse und umarme Dich – Liane

Arcachon, 18. Juni 1940

Cher Willy, ich frage mich, warum Du nicht schreibst. Arcachon gefällt mir gut. Wir sind seit einem Monat hier, Tante Lola geht's gut. Hast Du Nachricht von Papa und Mama? Wissen sie, dass ich in Arcachon bin? Ich habe die Hälfte meiner Sachen mitgenommen, der Rest blieb zurück. Sonst nichts Neues. Schreib mir auf Englisch und beachte meine Schreibfehler nicht. Es ist Freitagabend, ich muss mich beeilen. Stimmt Deine Adresse noch? Ich warte auf Nachricht und umarme Dich fest – Liane

Lieber Vater, ich teile Dir mit, dass es mir gut geht. Hoffe Gleiches von Euch. Beste Grüße – Dein Sohn Willy

Wir sind gesund. Alles wie immer. Von Liane Nachricht erhalten. Was machst du? Bleib gesund. Grüße, Küsse – Mutti, Papa

Le 17 février 1941

Cher Willy, seit dem 15. Januar bin ich zurück bei den Eltern und wir sind sehr froh. Ich gehe wieder zur Schule, aber die meisten Schüler sind Neulinge. Von meinen Freundinnen sind nur Myriam Ephraim, Fanny Schlesinger, Gisela Emerson, Gisa Singermann, Eva und Ellinor Fontheim da, aber die ist krank und geht nicht zur Schule. Wir lernen im vierten Jahr Englisch, ein Jahr Latein, Algebra, Physik und Chemie. In Mathe haben wir Professor Beer und in Hebräisch Schlesinger, der nicht mehr Direktor ist. Er erzählt immerzu, was für ein guter Schüler und netter Junge Du warst. Ich hätte Dich gern hier, denn in Mathe, Latein und Hebräisch habe ich Lücken. Sonst nichts Neues. Ich schreib Dir auf Französisch, um die Sprache nicht zu vergessen. Fontheim fährt demnächst nach China. Kannst Du Dir Günther in China vorstellen? Eva geht in meine Klasse und ist sehr nett. Wenn wir uns wiedersehen, musst Du uns erzählen, was Du erlebt hast. Paris kenne ich schon. Ich umarme und küsse Dich – Liane

Berlin den 30. März 41

Lieber Willy, morgen habe ich Geburtstag und werde 14. Kannst Du Dir das vorstellen? Ich nicht. Hoffentlich sind wir bald wieder zusammen. Hier gibt es nichts Neues. Wir lernen viel in der Schule. In Deutsch nehmen wir *Minna von Barnhelm* durch, sehr langweilig. In Englisch nehmen wir den Passiv durch und lesen *Tales of Mystery*. Der Lateinlehrer ist abgegangen, seit zwei Wochen haben wir kein Latein. Die Mathematikstunde bei Beer ist ekelhaft. Er spuckt uns an und man versteht nichts. Bei Schlesinger lernt man nichts, alle anderen Lehrer sind doof. Wir sind 28 Mädchen in unserer Klasse von allen Schulen. Außerdem gehen viele ab, weil sie 14 sind. Spricht man in Kanada Englisch wie in England? Hast Du warme Sachen zum Anziehen und Aussicht nach USA zu kommen? 100000 Küsse – Liane

Lieber Willy, wir haben einen Brief von Deinem Freund erhalten und freuen uns, dass es Dir gut geht. Ich gehe wieder in die Schule, die Tage verlaufen gleichmäßig. Bist du gewachsen? Ich bin 1,45 m groß und noch immer die Drittkleinste der Klasse. Auch habe ich meine Haare wachsen lassen und trage jetzt eine Sonnenrolle. So, nun genug von mir. Hast du Aussicht, in Baltimore auf die Schule zu gehen? Hast Du Deinen Geburtstag gut verlebt? Was für einen großen Bruder ich doch habe! Hier wurden alle jüdischen Oberschulen zusammengelegt, und wir sind mit Jungen zusammen 45 Schüler. Von den alten Lehrern sind nur noch wenige da, wie auch von den Schülern. Sonst nichts Neues – Liane

Berlin, den 25. Juni 1941

Lieber Willy, Du kannst dir kaum unsere Freude vorstellen, als wir Deine zwei Briefe (datiert vom 16. 4. und 23. 4.) gestern erhalten haben. Es freut uns, dass Du genügend Nahrung und Kleidung hast. Bereitest Du Dich auf das Abiturexamen vor? Ich habe die Briefe sogleich an Eva Fontheim übergeben. Von Deinem Freund Eli Fischmann haben wir Post erhalten. Bei uns nichts Neues, alles geht seinen gewohnten Gang. Es ist furchtbar heiß, wir haben hitzefrei. Vor einer Woche haben wir einen Schulausflug gemacht, der primus, prima, primum war. In zwei Wochen kommt die Versetzung und Ferien. Ich hatte viel nachzuholen und habe in zwei Arbeiten, die wir geschrieben haben, eine 3 bekommen. In Biologie fand ich ein Heft von Dir, worin alles steht, was wir durchnehmen. Mutti und Papa geht es gut. Ich würde Dir gern Bilder von uns schicken, aber leider ist es verboten, Fotografien ins Ausland zu schicken. Ich bin seit sechs Monaten wieder hier und habe mich eingelebt. In Deutsch ist es für mich schwer, aber es wird besser. In Zeichnen üben wir Kunstschrift. Schade, dass Du nicht da bist, Du konntest das so gut. Die Wohnung ist, wie sie war, die Thomasiusstrasse unverändert. Genug von mir, jetzt bist Du dran. Wie steht's mit der Auswanderung? Hoffentlich sind wir bald wieder zusammen! Ich küsse Dich – Liane

Berlin, den 8. Juli 1941

Lieber Willy, wir haben jetzt Ferien. Ich bin jetzt in der fünften Klasse und habe bis 4. August frei. Das Zeugnis ist für meine Verhältnisse ganz gut. In Latein habe ich eine 3, in Mathematik 2, in Zeichnen 2, in Handarbeit 2, in Erdkunde 4, in Geschichte 4, sonst in allen Fächern 3. Freue mich am meisten über Latein, wo ich viel nachzuholen hatte, und habe Ausflüge mit Freundinnen gemacht. Wir haben gebadet. Weißt Du schon, dass ich schwimmen kann? Von Peter Lewinsky kam an Günther Post. Er hat sich über Deine Briefe gefreut und ist sehr gewachsen. Mutti und Papa geht es gut. Wie ist das Wetter bei Euch? Bilder darf man leider nicht schicken, sonst hätte ich es getan. Wie geht es dir bei der Arbeit, ist sie schwer? Was machst du sonst? Wir freuen uns, wenn Du ausführlich Deine Lage schilderst. Schreib bald und oft. Sei herzlich gegrüßt und geküsst – Liane

Berlin, 9. August 1941

Lieber Willy, es freut uns, dass Du unsere Briefe erhältst und es Dir gut geht. Ich gehe jetzt in die fünfte Klasse. Wir lernen sogar schon Chemie: $Mg + O = MgO$. Wir haben neue Lehrer bekommen. Sonst ist alles beim Alten. Schade, dass Du Dein Fotoalbum nicht mitgenommen hast. Hast du Aussicht auszuwandern? Du musst schon fabelhaft Englisch sprechen. Schreib uns auf Englisch, mit Hilfe des Wörterbuchs können wir Deinen Brief entziffern. Hast Du das Abitur bestanden? Mutti und Papa geht's gut. Grüße und Küsse – Liane

15. Juli 1942

Freu Dich! Zwei Rotkreuzbriefe erhalten. Denken viel an Dich. Bist Du gewachsen? Was studierst Du? Wohnst Du privat? Wir sind gesund. Wünschen alles Gute. Küsse – Papa, Mutti, Liane

Berlin, den 9.11. 42

Sehr geehrter Herr Beer, entschuldigen Sie, dass meine Eltern nicht selbst schreiben. Sie sind sehr beschäftigt und haben deshalb wenig Zeit. Wir wünschen ihnen gute Feier-

tage und alles Gute im neuen Jahr. Seien Sie, wie auch ihre Frau, vielmals gegrüßt – Liane Löw
December 8, 1942
Glücklich, von Euch Nachricht zu haben. Schreibt mehr und Näheres. Studiere Physik an Universität. Im April Prüfung. Beste Grüße – Euer Willy
6. März 1943
Sind gesund. Sehnen uns nach Dir. Lange keine Nachricht. Gratulieren zum Geburtstag. Küsse – Liane
5. Mai 1943
Absender: Liane Sara Löw
Berlin-Nordwest 40, Thomasiusstr. 11
Verwandtschaftsgrad: Bruder
Empfänger: Wilhelm Löw
417 Palmerston Boulevard, Toronto/Ontario, Kanada
Gratulieren zum Geburtstag. Wir sind alle gesund. Was machst du? Grüße, Küsse – Mutti, Liane, Papa

***

Am 17. Mai 1943, einem Montag um vier Uhr früh, klingelten, nein hämmerten Gestapomänner in Ledermänteln gegen die Wohnungstür des Ehepaars Löw im Hinterhaus zweiter Stock der Thomasiusstrasse 11. Der verängstigten Ehefrau, die im Nachthemd die Tür öffnete, befahlen sie, nachdem sie die Frage bejaht hatte, ob sie die Frau von Nuchem Löw sei, Koffer zu packen und nur das Notwendigste für sich, ihren Mann und die halbwüchsige Tochter mitzunehmen; Schmuck, Geld und Papiere seien auf Verlangen vorzuzeigen.
Die Frage, wohin die Reise gehe, beantworteten sie mit dem Ruf »Schnauze!«, und als der Ehemann schützend vor seine Frau trat, bekam er einen Fausthieb ins Gesicht, der Blut aus Mund und Nase hervorschießen ließ.

»Der Judenstern ist gut sichtbar auf der Kleidung zu tragen«, sagte einer der Männer, während der andere die dreiköpfige Familie in einen mit laufendem Motor wartenden Kastenwagen stieß, im Volksmund Grüne Minna genannt.
Vorausgegangen war eine als Fabrikaktion bezeichnete Razzia auf die letzten in Berlin verbliebenen Juden, gegen deren Deportation ihre arischen Ehefrauen vor dem als Sammelstelle dienenden Haus der jüdischen Gemeinde in der Rosenstraße öffentlich demonstrierten. Das war noch nie da gewesen: Proteste gegen die Judenverfolgung, von Polizisten mühsam gestoppt, bis Goebbels zur allgemeinen Überraschung nachgab: Sei es, weil der Propagandaminister nach der Niederlage von Stalingrad und Angriffen britischer Bomberverbände auf Berlin die Unzufriedenheit nicht anheizen wollte; sei es, weil das Vorgehen der Gestapo gegen jüdische Mischehen juristisch anfechtbar und mit den zuständigen Behörden nicht abgesprochen war – ein Beispiel mehr für Kompetenzgerangel in der Hierarchie des NS-Staats.

***

Kackbraune oder giftgrüne Ledermäntel trägt die Gestapo nur im Kino, weil Leder ein kriegswichtiger Rohstoff war, reserviert für Reitstiefel, Koppeln und Munitionsgurte, und es wäre unklug gewesen, Mitarbeiter der Geheimpolizei anhand ihrer Mäntel kenntlich zu machen. Stattdessen trugen sie mit Gummi beschichtete Baumwollmäntel der Firma Klepper, eine deutsche Version des Trenchcoats, bis in die 1960er Jahre Einheitskleidung für Detektive im deutschen Film.
Hier endet dein Spezialwissen, und du bist auf Mutmaßungen angewiesen, wenn du schreibst, dass Liane mit ihren

Eltern zu der durch Fliegerbomben beschädigten Synagoge in der Levetzowstrasse gekarrt wurde, die als Sammelstelle für Judentransporte diente – oder marschierten sie zu Fuß dorthin? Am Gleis 69 des Güterbahnhofs Moabit wurden sie in Viehwaggons eines Zuges gepfercht, der unter der Bezeichnung *38. Transport Ost* in Berlin losfuhr und zwei Tage später, am 19. Mai, in Auschwitz-Birkenau eintraf. »Dort verliert sich ihre Spur« – ein Euphemismus wie die Rede von »jüdischen Mitbürgern«, denen »unfassbares Unrecht« geschah: Je weiter du dich von dem realen Geschehen entfernst, desto tiefer verhedderst du dich in Widersprüche – dein Text wird zum Eiertanz bei dem Versuch, falsche Töne zu vermeiden und allen Empfindlichkeiten Rechnung zu tragen. Nur eins ist klar: Der Tod in der Gaskammer, der sie nach der Selektion auf der Rampe erwartete, war kein Gnadentod, wie die Täter später behaupten werden, sondern ein langsames, qualvolles Ersticken. »Firzän, firzän« flüsterten Funktionshäftlinge in gestreiften Pyjamas den Todgeweihten zu – das war die Altersgrenze, die über Zwangsarbeit oder Zyklon B. entschied. Aber da Liane jünger aussah, als sie war, ist anzunehmen, dass die SS sie mit Kolbenhieben, angefeuert von Hundegebell, direkt in die Gaskammer trieb. Letztes Lebenszeichen ist ein maschinengetippter Eintrag auf der Deportationsliste vom 17. Mai 1943, wo Liane Sara Löw, geboren am 31. März 1927, unter der laufenden Nummer 86 erscheint, am Seitenrand handschriftlich korrigiert zu 89. Der 38. Transport Ost umfasste 385 Personen, recte aber 395, weil nichtdeutsche Juden getrennt gezählt wurden.

***

*Ich stelle mir vor, ich merke an.* Du verlässt den Bereich dessen, was durch Daten und Fakten belegt und nachprüfbar ist, und tust, was Dichtern und Romanciers erlaubt, Historikern und Journalisten aber verboten ist, du spekulierst wild drauflos und fragst dich, was passiert wäre, wenn die Geschichte nicht so, sondern anders verlaufen wäre? Damit ist kein Großereignis wie der Ausbruch des Zweiten Weltkriegs oder der Abwurf der Atombombe gemeint, sondern eine Detailfrage wie die, ob die Entfernung von A nach B auch anders hätte überbrückt werden können? Es gibt einen unklaren Punkt im kurzen Leben von Liane Löw, den sie und ihr nahestehende Personen, die Eltern wie auch ihr Bruder, mit Stillschweigen übergehen, als hätten sie Angst, an ein unter dem Mantel des Vergessens ruhendes Tabu zu rühren. Die Frage nämlich, warum sie nicht in Arcachon an der Atlantikküste blieb, um über die Pyrenäen nach Spanien zu fliehen, wie es Anna Seghers und ihrer Familie durch Vermittlung von Varian Frys Hilfskomitee gelang. Stattdessen wählte sie den umgekehrten Weg durch das von der Wehrmacht besetzte Frankreich und Belgien und traf im Januar 1941 – wohlbehalten, aber mager und blass – wieder in der Thomasiusstrasse ein.

Wie war das möglich für eine Dreizehnjährige ohne Geld und gültige Papiere, die nur gebrochen Französisch sprach? Liane muss Helfer, zumindest aber eine Helferin gehabt haben, die sie durch Fahrkarten-, Grenz- und Zollkontrollen schleuste, an denen stets die Gestapo beteiligt war. Schleuser gab es schon damals, aber auch sogenannte Greifer, die in den Untergrund abgetauchte Juden aufspürten und den Behörden meldeten.

Nein, hier kommt nicht Stella Goldschlag ins Spiel, die unter dem Schlagwort *Das blonde Gift* als Greiferin Karriere machte und jüdische Leidensgenossen der Gestapo ans Messer lieferte. Wie Lady Macbeth wusch sie ihre Hände in Unschuld und hatte, von einem sowjetischen Militärtribunal verurteilt, im früheren KZ Sachsenhausen für ihre Taten gebüßt, bevor sie 1994 in Freiburg Selbstmord beging: Eine *femme fatale*, verführerisch und hochintelligent, die zur Komplizin statt zum Opfer des Holocaust wurde. Stella Goldschlag stammte aus einer musikalisch begabten Familie, ihr Vater war Komponist, und sie hätte als Jazzsängerin reüssieren können, hätte Kulturminister Goebbels die Jazzmusik nicht als artfremd und dekadent verboten. Aber das war nur die Spitze des Eisbergs, es gab noch mehr Greiferinnen, von denen eine Liane Löw Klavierunterricht gab, als musikalische Betätigung den Juden noch erlaubt war. Das war im Spätherbst 1938, bevor die Synagogen in Flammen aufgingen und Liane zu ihrer Tante nach Brüssel und von dort an die Atlantikküste floh, während Herta Breitstein, so hieß die Klavierlehrerin, bei der Gestapo gegen die Beschlagnahmung ihres Klaviers protestierte. »Wir sind keine Unmenschen«, sagte der zuständige Beamte und bot ihr eine Zigarette an – den Einwand, deutsche Frauen rauchten nicht, wischte er lächelnd vom Tisch: »Wir sind keine Unmenschen und könnten uns erkenntlich zeigen, nicht nur was Ihr Piano, sondern auch was den Verbleib Ihrer Eltern betrifft!« Die waren Ende Oktober zusammen mit 17.000 Inhabern polnischer Pässe, die besser Deutsch als Polnisch sprachen, nach Polen abgeschoben worden. Herta Breitstein unterschrieb eine formlose Verpflichtung und wurde, mit falschen Papieren versehen, als Reisekader via Brüssel nach Bordeaux geschickt, um Deckadressen und illegale Aktivitäten von Juden auszuspähen, die sich durch Verlassen des Dritten Reichs dessen Zugriff entzogen; an ihren Fluchtwegen wie auch an stillen Helfern und Komplizen war die Gestapo interessiert.

Es war nicht schwer, den Aufenthaltsort von Liane Löw

zu ermitteln, die regelmäßig Briefe und Postkarten in die Thomasiusstrasse schickte. Liane war noch ein Kind, und sie sehnte sich nach ihren Eltern und Freundinnen in Berlin zurück. Statt Entbehrungen und Gefahren auf sich zu nehmen, die hinter jeder Ecke lauerten, kehrte sie nach Ablehnung ihres Visumantrags für die USA mit ihrer Klavierlehrerin nach Deutschland zurück. Wie blind sie dieser vertraute, zeigt die Tatsache, dass sie ihr Tante Lolas Geldversteck in einem Brüsseler Vorgarten offenbarte. Doch der Schatz war schon gehoben, Wertsachen und Geld waren verschwunden.

Die Gestapo zeigte sich für geleistete Dienste erkenntlich und ernannte Herta Breitstein zur Chorleiterin der jüdischen Oberschule in Berlin-Siegmundshof. Der Musikunterricht war gestrichen, aber gegen Chorproben war nichts einzuwenden, zumal die Greiferin auf diesem Weg das Lehrerkollegium kennenlernte, dessen Staatstreue zu wünschen übrig ließ – ganz zu schweigen von aufmüpfigen Schülern, die es immer und überall gab.

Der Chor probte im Freien, am Spreeufer, nur ab und zu vom Lärm eines Lastkahns gestört, und dort hat Liane trotz des offiziellen Verbots schwimmen gelernt. Als Prüfstein für illoyale Gesinnungen diente Schuberts Lied *Die Forelle* in D-Dur, das die jüdischen Schüler mit so viel Hingabe sangen, als werde das Schicksal rassisch Verfolgter hier thematisiert. Hinweise auf den Dichter Schubart, der den Text auf dem Hohenasperg gedichtet hatte, wo er wegen seiner Kritik an der Regierung in Festungshaft saß, machten das Lied noch interessanter, so als habe Herta Breitstein damit auf ihre eigene, prekäre Situation angespielt. Die Greiferin fiel in Ungnade, und *Die Forelle* wurde vom Lehrplan gestrichen, obwohl weder Schubart noch Schubert Juden waren.

PS
Erst nach Kriegsende, im Mai 1945, wurde die Familie Löw offiziell für tot erklärt. Die Parteigenossin, die ihre Wohnung bezog, soll bis zum Fall der Berliner Mauer Möbel und Hausrat der Löws benutzt haben. Ein im März 2015 verlegter Stolperstein vor der Thomasiusstrasse 11 musste entfernt und überarbeitet werden, weil das Geburtsdatum der mit sechzehn ermordeten Liane Löw darauf falsch angegeben war.

## Jeder Greis ist eine Bibliothek

Gibt es Altersdiskriminierung im Kulturbetrieb? Aber hallo – und ob! Das in Amerika *Ageism* genannte Phänomen ist so weitverbreitet und verletzend wie Rassismus oder Homophobie. Und es ist besonders ausgeprägt in der deutschsprachigen Literatur, die, wenn man der Verlagswerbung glaubt, nur aus jungen Autoren besteht: Die Grenze, ab der ein bis dahin als jugendfrisch geltender Autor plötzlich zum alten Eisen gehört, liegt wie das fluktuierende Rentenalter bei plus/minus 65. Jeder sei so alt, wie er oder sie sich fühlt, wird beteuert, doch der eiserne Vorhang, der lautlos niedergeht, wenn Lektoren, Rundfunk- und Presseredakteure nicht mehr zurückrufen und Stipendienanträge, früher eine sichere Bank, ohne Begründung abgelehnt werden, ist keine bloße Einbildung, sondern höchst real. Hinzu kommt, dass die Honorare für freie Mitarbeiter nicht nur nicht erhöht, sondern bis zur Schmerzgrenze gesenkt wurden, so dass Heinrich Bölls Rede vom Ende der Bescheidenheit – oder hat Martin Walser das gesagt? – wie ein Märchen klingt aus der Zeit, als das Wünschen noch geholfen hat. Damit nicht genug: Die Hochkonjunktur, in der deutsche Medien, allen voran das Fernsehen, aber auch Buchverlage, Zeitschriften und Zeitungen lukrative Aufträge vergaben und um Autoren warben, ist endgültig vorbei. (*Klammer auf*: Der Wahrheit zuliebe setze ich hinzu, dass viele Schriftsteller empört abwinkten, weil sie sich zu schade waren für Brotarbeit. Literaten standen höher im Kurs als Journalisten, obwohl die mehr verdienten, und Bestsellerautoren verachteten wir. *Klammer zu*)

Doch das Ganze ist nicht nur ein materielles Problem, denn alternde Dichter haben manchmal mehr zu sagen als junge Autoren – siehe Fontane, um nur diesen Namen zu nennen. Ein afrikanisches Sprichwort besagt, jeder Greis sei eine lebende Bibliothek. Umso schmerzlicher, wenn die erhoffte Anerkennung ausbleibt und nur als preiswürdig gilt, wer überreichlich mit Preisen versehen ist.
Ein Beispiel ist das Schicksal des von Brecht verehrten Komikers Karl Valentin, der nach 1945 kein Bein mehr auf den Boden bekam: »Papa kam überraschend schnell zurück«, schrieb Karl Valentins Tochter, »und sein Gesichtsausdruck verriet uns alles. ›Nix war's. I bin nimmer komisch – ham's gesagt.‹ Dann ging er verlegen lächelnd in seine Werkstatt zum Scherenschleifen.«
125 Valentin-Platten lagen damals im Archiv des Funkhauses, so Rolf Hochhuths zorniger Kommentar: »Doch keine war gut, war komisch genug, um den Ansprüchen der Funktionäre zu genügen, deren jeder heute mindestens 2500 Mark Monatspension verzehren kann.« (Dass die Altersbezüge beamteter Redakteure sich seither vervielfacht haben, sei in Klammern hinzugefügt.)
Ein Gemeinwesen, das alt gewordene Autoren auf den Schrottplatz wirft und sein literarisches Gedächtnis in der Bio-Mülltonne entsorgt, ist von Alzheimer bedroht, einer Vorstufe der Demenz. Das Glücksrad dreht sich Jahr für Jahr schneller, doch der Wechsel der Namen, Moden und Stile täuscht nicht über den ratternden Leerlauf hinweg. Früher genügte es, sich jeden Buchherbst zwei oder drei Neuerscheinungen zu merken, und deren Verfasser waren keineswegs, wie vorschnell behauptet, stets nur Männer: Ingeborg Bachmanns Erfolg stellte nicht nur Paul Celan, ihren poetischen Lehrmeister, sondern auch den Romancier Max Frisch in den Schatten, um nur dieses Beispiel zu nennen.

Alles schon da gewesen, rufen die Neunmalklugen und verweisen auf Lessing, der mit Goethes *Werther* nichts anfangen konnte, oder auf die Romantiker, die sich über *Wilhelm Meister* mokierten. Alfred Döblin verspottete Thomas Mann als Stehkragen, und Brecht wollte dafür bezahlen, Manns Romane verbieten zu lassen.
Alles schon da gewesen. Doch Darwins *Survival of the Fittest* mit seiner gleichsam natürlichen Auslese wird heute durch Hektik und Hype ersetzt. Die wenigen noch verbliebenen Literaturfans müssen sich überhaupt nichts mehr merken, weil Bücher schon im Moment ihres Erscheinens vergessen sind – *ex und hopp* heißt die Devise.

***

Ich kam zur Welt im vorletzten Jahr des Zweiten Weltkriegs, eine Woche vor Hitlers Geburtstag, am 13. April 1944, und in dummer Überheblichkeit bildete ich mir ein, der Dreizehnte sei mein Glückstag, mir könne nichts zustoßen, ich sei gegen Unglück gefeit. Denn als meine Eltern die Sektkelche hoben, um mit der Hebamme anzustoßen auf die Zukunft des neuen Erdenbürgers, ertönte Luftalarm, sie nippten nur kurz und hasteten drängelnd und schiebend zum Stollen. So hieß ein in den Berghang getriebener Luftschutzkeller, der nach Kriegsende meinem Kindheitsfreund Jochzer und mir als Spielplatz diente, wo wir uns Gasmasken überstülpten und mit Schießpulver kokelten. Dass Jochzer sich Haare und Augenbrauen versengte, als das Pulver in einer Stichflamme detonierte, steht auf einem anderen Blatt.
Wenn ich in diesem Tempo weiterschreibe nach Lenins Devise: *Einen Schritt vor, zwei Schritte zurück*, verheddere ich mich heillos in meinem Erzählgarn. Lieber orientiere ich mich an Mao Zedongs *Großem Sprung nach vorn*, der mil-

lionenfaches Elend und ebenso viele Tote hinterließ, weil Mao nicht genug Anlauf genommen hatte und statt im Atomzeitalter im Feudalismus landete. So wie auch ich auf die Schnauze fiel im Abitur, das ich mit einer Fünf in Mathe knapp bestand, Glück im Unglück, ähnlich wie bald darauf bei der Gruppe 47, wo Ernst Bloch mich auf den Müllhaufen der Geschichte befördern wollte, mit eisernem Besen, wie er sagte, während Grass und Enzensberger meinen Text lobten und Walter Höllerer mich ins Literarische Colloquium nach Berlin einlud. So begann das nächste Kapitel meiner Karriere, auf dem Missverständnis basierend, ich sei ein vielversprechendes Talent, obwohl die Töne, die ich damals dem Saxophon entlockte, nur aus Atempausen und später auf der Reiseschreibmaschine aus Kommas bestanden. Oder muss es Kommata heißen?
Ich überspringe ein halbes Jahrhundert und blicke zurück, wie H. C. Artmann zurückblickte: *I schau zurück*, brummte er, in einem Korbstuhl sitzend auf der Terrasse einer Gründerzeitvilla mit Blick zum Wannseeufer, wo Heinrich von Kleist sich erschoss und Georg Heym ertrank bei dem Versuch, seinen ins Eis eingebrochenen Freund Balcke zu retten. Szenenwechsel: *Det is allet history*, pflegte der Pankower Bezirksbürgermeister zu sagen, ein SED-Funktionär, den ich kurz vor Wolf Biermanns Ausbürgerung in dessen Wohnküche traf, *det is allet history*: Nicht Kleist oder Henriette Vogel waren damit gemeint, sondern Tamara Bunke und Ernesto Che Guevara. Aber nicht um Geschichte großgeschrieben geht es hier, ich will von mir selbst erzählen, von einer verpfuschten Karriere, in der alles schieflief, was schieflaufen konnte, obwohl ich Glück im Unglück hatte – ich wiederhole mich.

***

*Das ist der Buch*, sagte mein Intimfeind Michel G., ein Wiedergänger Mephistos, zu Harry Mulisch, dem niederländischen Autor, als der ihn fragte, wer der Initiator der Tagung *Ein Traum von Europa* sei: »Das ist der Buch, ein großes Talent, das 1968 vor die Hunde ging.« Michel G. hatte recht, mit seinem Schandmaul traf er stets den Nagel auf den Kopf, denn die Kulturrevolution, sprich 1968er Revolte hatte mich aus der Bahn geworfen.
Statt Erzählungen zu schreiben, die erst nach langer Inkubationszeit zu Romanen heranreifen, betätigte ich mich als Ideologiekritiker und zerpflückte voller Häme den ideologischen Konsens der Bundesrepublik, ohne die DDR zum besseren Deutschland zu verklären. Wie viele meiner Generationskohorte – hier stimmt das Modewort – war ich auf dem linken Auge blind und wiederholte spiegelverkehrt den Irrtum unserer Väter, die die Nazi-Diktatur gefördert oder geduldet hatten, was auf meinen Vater nicht zutraf – zum Glück!
Anknüpfend an die Tradition der Frankfurter Schule, verstand ich mich als westlicher Marxist und redete mir ein, den Etikettenschwindel durchschaut zu haben – der Augenschein vor Ort in Moskau und Ostberlin hatte mich eines Besseren belehrt. Aber statt auf Pseudogewissheiten zu verzichten und mich zur Literatur, großgeschrieben, zu bekennen, wurde ich zum Chefideologen einer undogmatischen Ästhetik, die bei Licht betrachtet selbst wieder dogmatisch war, und brach den Stab über schreibende Kollegen, die sich nicht zu meiner Sicht der Dinge aufschwingen konnten oder wollten. Und ich verschloss die Augen vor der Erkenntnis, dass die linke Literaturdoktrin kaum neue Einsichten bot und ich bei den russischen Formalisten – Viktor Schklowski, Jurij Tynjanow und Boris Ejchenbaum – mehr gelernt hatte als von marxistischen

Koryphäen wie Georg Lukács und Ernst Bloch. Dass Vordenker der Moderne vom Schlage Walter Benjamins oder der chinesische Dichter Lu Xun nicht in das schematische Korsett passten, lag auf der Hand. Trotzdem habe ich meine Ausflüge in die Marx'sche Theorie nicht bereut, denn deren Kenntnis machte mich dauerhaft immun gegen Orthodoxien jeder Couleur.

Währenddessen promovierte ich bei Walter Höllerer, dem buchstäblich die Stimme versagte, als die Studenten von ihm verlangten, statt Jean Pauls *Siebenkäs* lieber *Das Kapital* auf den Lehrplan zu setzen. Höllerer war die unautoritärste Autorität, die mir je begegnet ist, ein Solitär unter Germanisten, die durch die NS- oder DDR-Ideologie geprägt waren. Auf sein durch Stimmbandprobleme verursachtes Schweigen folgte eine quälend lange Auszeit nach einem Verkehrsunfall in Zürich, wo eine Straßenbahn ihn erfasste: Danach war er nur noch ein Schatten seiner selbst als Dichter und Kulturvermittler, der das *Living Theatre*, Robert Creeley, Allen Ginsberg, Andrej Wosnessenski, Ernst Jandl und Friederike Mayröcker nach Westberlin gelotst hatte.

***

Unterdessen schrieb ich meine Doktorarbeit, für die Peter Handkes Auftritt bei der Gruppe 47 in Princeton das Stichwort lieferte - ich weiß, wovon ich rede, denn wir teilten uns ein Doppelbett im dortigen Holiday Inn. Doch anstelle von Handkes Polemik gegen die deskriptive Poetik, der er selbst huldigte, analysierte ich Lessings *Laokoon*, Hebbels Stifter-Kritik und Lukács' Verdikt über Kafka. Das dickleibige Buch mit dem von Horaz geborgten Titel *Ut Pictura Poesis – die Beschreibungsliteratur und ihre Kritiker von Lessing bis Lukács* erschien im Hanser Verlag und brachte mir Einladungen von Hochschulen des In- und Auslands ein. Ich bewarb mich in Japan, Kanada, Brasilien, in Bremen und Gießen, betrieb das Ganze aber nur halbherzig und war im Nachhinein froh, als die Sache im Sande verlief. Wie mein Freund Peter Schneider, dem Willy Brandt, für den wir Wahlwerbung machten, einen sicheren Listenplatz im Bundestag versprach – auch dabei war ich präsent –, zog ich die prekäre Existenz freier Schriftsteller einer akademischen oder politischen Laufbahn vor.

Ein Beispiel für Sackgassen, in die wir uns manövrierten, war die kurzlebige, aber kurzweilige Story der *Assoziation revolutionärer Schriftsteller*, die sich Anfang der 1970er Jahre bei Johannes Schenk in der Berliner Naunynstraße trafen. F. C. Delius, Nicolas Born, Yaak Karsunke, Gert Loschütz, der Dramatiker Hartmut Lange und die Malerin Natascha Ungeheuer waren mit von der Partie. Wir debattierten über Brecht und Kafka, Lukács und Benjamin, doch irgendwann spitzte der Streit sich zu auf die Antipoden Zola und Flaubert. Karsunke, der (was ich damals nicht wusste) Zolas *Germinal* für das Frankfurter Theater am Turm bearbeitete, plädierte für linke Tendenzliteratur, während ich vehement für Flaubert eintrat, der wie Kafka nicht wegen, sondern gegen die Zeitläufte große Literatur geschrieben hatte; Kafkas Eingeständnis, auf politischen Versammlungen hätten Redner aller Parteien ihn überzeugt, passt dazu. Auf dem Höhepunkt des Streits warf ich dem Agitprop-Poeten Karsunke einen Aschenbecher an den Kopf und beschleunigte so die Auflösung der *Gruppe Arsch*, wie wir uns selbstironisch nannten, anspielend auf avantgardistische Literatenzirkel nach der Oktoberrevolution.

***

Wo Gefahr droht, wächst das Rettende auch, heißt es bei Hölderlin, und Retter in der Not war der Lektor Jürgen Manthey, der im Rowohlt Verlag eine Taschenbuchreihe herausgab, die ein Fazit aus der 1968er-Revolte zog. Manthey nahm mich sowie meinen Freund und Nachbarn Nicolas Born als freie Mitarbeiter unter Vertrag und setzte uns in Lohn und Brot. Die Zusammenarbeit ließ sich gut an: Ich gab *Kritische Wälder* in Druck als Resultat des Nachdenkens über Möglichkeiten und Grenzen der Literatur, publizierte Materialien zu einer undogmatischen linken Ästhetik und übersetzte zusammen mit Wong May, einer Dichterin aus Singapur, die ich aus Iowa City kannte, die Essays von Lu Xun.

Dann hob ich das *Literaturmagazin* aus der Taufe, eine Zeitschrift im Taschenbuchformat, die unter dem Motto: *Nun dichten sie wieder* in der ZEIT groß herausgestellt wurde. Kaum war das *Literaturmagazin* etabliert – der zweite, Goethe gewidmete Band fand die größte Beachtung –, hat Jürgen Manthey mich hinterrücks entmachtet – ausgebootet ist das bessere Wort dafür. Erst nachträglich begriff ich warum: Der an einer Universitätskarriere bastelnde Verlagslektor neidete mir den Erfolg des *Literaturmagazins.*

Mein Gastspiel bei Rowohlt war damit beendet. Ich ging als Autor zu Wagenbach und antichambrierte bei Hanser und Kiepenheuer in Sachen *Literaturmagazin*, doch weder Michael Krüger noch Dieter Wellershoff wollten die Zeitschrift weiterführen. Die Sache hatte ein Nachspiel, als Antonín Liehm, im Prager Frühling Herausgeber der Zeitschrift *Listy*, die nach dem sowjetischen Einmarsch unter dem Titel *Lettre Internationale* in Paris erschien, mich als Redakteur für eine bei Suhrkamp geplante deutsche Ausgabe gewinnen wollte. In letzter Minute zog Siegfried Unseld, gebranntes Kind nach den verlagsinternen Que-

relen ums *Kursbuch*, die Einwilligung zurück, so dass der Kelch an mir vorüberging.
Warum schreibe ich das auf – warum, wozu das alles? Dies ist kein autobiographischer Essay oder literarischer Lebenslauf, wie er mit Stipendienanträgen einzureichen ist, eher ein selbstkritischer Blick zurück.
In den Achtzigerjahren endete die Vorherrschaft linker Theorien, mein *coming out* als Autor war nicht länger aufzuschieben, und 1984 veröffentlichte ich bei Suhrkamp *Die Hochzeit von Port-au-Prince*, einen barock ausufernden Roman über die Auswanderung meines Großvaters nach Haiti, wo er eine Einheimische heiratete und sich als Apotheker niederließ. Seit den Tagen des Spartacus waren Sklavenaufstände stets aufs Neue gescheitert und hatten noch nie, wie 1804 in Haiti, zur Gründung einer unabhängigen Republik geführt. Die Vor- und die Nachgeschichte dieses Prozesses, in dem eine von Napoleon entsandte Armee vernichtend geschlagen wurde – lange vor dem Freiheitskampf der spanischen Kolonien Lateinamerikas – ist in meinem bei Wagenbach verlegten Buch *Die Scheidung von San Domingo* nachzulesen: ein bis heute unterbelichtetes Kapitel der Kolonialhistorie, das Napoleon veranlasste, das bis zu den Rocky Mountains reichende Louisiana-Territorium (nicht zu verwechseln mit dem Bundesstaat Louisiana) an die USA zu verkaufen, die dadurch zur Großmacht wurden.
*Die Hochzeit von Port-au-Prince* wurde in mehrere Sprachen übersetzt; auch der Folgeband *Haiti Chérie* war ein Erfolg, während Teil drei der Trilogie, *Rede des toten Kolumbus am Tag des Jüngsten Gerichts*, ein Beitrag zur 500-Jahr-Feier der Entdeckung Amerikas, die Rezensenten überforderte: Das Thema war ausgereizt.

***

In den Neunzigerjahren verließ ich meinen Schreibtisch, um etwas herauszufinden über mich selbst und über den Zustand der Welt, das sich durch bloßes Nachdenken, Einfühlung und Empathie nicht erschließt: Ich wollte wissen, wie meine Mitmenschen lebten und woran sie starben am Ende des Millenniums. Schon vorher hatte ich auf Lese- und Vortragsreisen Afrika und Lateinamerika, Russland und China besucht, jetzt aber wurde ich vom Schriftsteller zum Kriegsreporter und reiste im Auftrag der ZEIT und anderer Medien in die Kampfzonen der Gegenwart: Liberia, Sierra Leone, Burundi, Ruanda, Bosnien, Kosovo, Kongo, Kambodscha, Ost-Timor, Süd- und Westsudan. Rückblickend kommt es mir vor, als sei ich vor der Jahrtausendwende ständig in Krisengebieten unterwegs gewesen, aber obwohl ich kalkulierte Risiken auf mich nahm, war ich als Reporter und Journalist selbst dort privilegiert. Niemand bedrohte mich, während um mich herum getötet und gestorben wurde, und Opfer wie Täter gaben bereitwillig ihre Version der jeweiligen Tragödie zu Protokoll.

Am 22. April 1995 wurde ich in Kibeho, einem Flüchtlingslager im Süden Ruandas, Zeuge eines Massakers mit Tausenden Toten, begangen von der Tutsi-Armee an wehrlosen Zivilisten, Greisen, Frauen und Kindern als Rache für den Genozid im Jahr zuvor. Ein alter Mann warf sich, schlotternd vor Angst, mir zu Füßen und murmelte ein Gebet, bevor Tutsi-Kämpfer ihn abführten. Dann waren Schüsse zu hören, und ein Blauhelmsoldat aus Sambia, der gerade sein Mittagessen verzehrte, murmelte gleichmütig: *This man dead!* Und in Monrovia, der Hauptstadt Liberias, beantworteten selbsternannte Freedom Fighters, im Volksmund Freedom Killers genannt, die Frage, warum sie ihre Brüder und Schwestern umbrachten, mit *Why not?* In Tschetschenien wohnte ich Waffenstillstandsgesprächen bei zwischen

muslimischen Rebellen und russischer Armee, und ein Kommandeur der *Bojewiki* genannten Rebellen - vielleicht war es auch ein russischer Offizier - bot mir einen Panzer an im Austausch für einen gebrauchten Mercedes, den ich von Berlin nach Grosny überführen sollte. Und in Osttimor stand ich fassungslos vor einem Toyota Pick-up, auf dessen Ladefläche aneinander gefesselte Jugendliche mit Benzin übergossen und verbrannt worden waren - eine Laokoon-Gruppe, die nicht aus Marmor, sondern aus Menschenfleisch bestand. Den an Grillpartys erinnernden Geruch schildere ich lieber nicht.
Obwohl ich mein Leben riskiert hatte, um Reportagen zu schreiben, die zuerst in der ZEIT, später in der *edition suhrkamp* und der *Anderen Bibliothek* erschienen, nahm der Literaturbetrieb meine Arbeit nicht zur Kenntnis. Wenn überhaupt die Rede davon war, hieß es, der Romancier H. C. Buch habe sich in einen Journalisten verwandelt, obwohl es sich um literarische Reportagen handelte: Fiktion und Information schließen einander nicht aus, und ich war und bin nicht der einzige Schriftsteller, der freiwillig in den Krieg zog auf den Spuren von Hemingway, Orwell, Stendhal oder Tolstoj.

***

Mit dem Abdruck einer Reportage in einer Zeitschrift oder einem Buch war die Sache nicht abgetan: Das Kriegstrauma suchte mich in Alpträumen und Zwangsvorstellungen heim, und wie die Täter im Krimi kehrte ich zum Tatort zurück. Ich war fünfmal in Ruanda und im Kongo, zweimal in Tschetschenien und flog so oft wie möglich nach Haiti, wo meine Initiation in die Gewalt, aber auch in den Voodoo-Kult begann. In Kenia erlebte ich einen Bombenanschlag auf die US-Botschaft, die erste Aktion von Al Kaida, und stand Stunden später in der Morgue vor den von der Explosion zerfetzten Leichen von Botschaftsmitarbeitern und Passanten, unter ihnen ein Diplomat im braunen Anzug, mit dem ich verabredet gewesen war. Er hielt sein Gedärm wie ein Paket im Schoß. Ich könnte weitere Details anführen, aber ich lasse es bei der Drohung bewenden.

Das Unverständnis deutscher Medien war harmlos im Vergleich zu dem Shit-Sturm der sich über mir entlud. Peter O. Chotjewitz, ein literarischer Mitstreiter aus längst vergangenen Tagen, schrieb in *konkret*, ich sei nie vor Ort gewesen und hätte meine Reportagen in der VIP-Lounge des Frankfurter Flughafens zu Papier gebracht. Mein Uralt-Freund Hermann Piwitt hingegen beharrte auf Polit-Analysen, die alles über einen Kamm scheren – die Weltanschauung derer, die die Welt nie angeschaut haben, wie Humboldt das nennt. Lieber jonglieren sie mit Bruchstücken längst abgetaner Ideologien und halten sich so die blutige Realität vom Leib, wobei die mangelnde Neugier mich mehr nervte als die Denkfaulheit.

***

Doch es kam noch schlimmer. Gemeint ist die modische *Wokeness*, die von US-amerikanischen auf europäische Universitäten übersprang und den Restbestand rationalen Denkens verballhornte bis zum Gehtnichtmehr. Aus dieser Sicht war alles, was ich tat, dachte oder schrieb, Ausdruck meiner Identität als weißer Mann. Mein aus fünfzig Bänden bestehendes Werk, das sich mit den Spätfolgen des Kolonialismus befasst, war schon durch den von Klaus Wagenbach gewählten Untertitel eines meiner Bücher widerlegt: *Wie die Negersklaven von Haiti Robespierre beim Wort nahmen.*

Anstatt noch mehr Beispiele anzuführen für aggressive Intoleranz, die wie das Corona-Virus rasend schnell um sich griff, beschließe ich diese Notizen mit dem Bericht über meinen im Herbst 2021 erfolgten Rausschmiss aus einer Podiumsdiskussion.

Was sich hinter dem Begriff *Cancel-Culture* verbarg, konnte ich mir nicht vorstellen, bevor ich es schmerzhaft am eigenen Leib erfuhr. Dabei fing alles harmlos an: Ein Ex-Museumsleiter aus Hitzacker fragte an, ob ich bereit sei, unter dem Motto: *Ergaunert, erjagt, geraubt* nicht nur über die Rückgabe kolonialer Kunst zu diskutieren, sondern auch über die Frage: *Wie postkoloniales Denken uns bis heute prägt.* Warum nicht, dachte ich, denn das Thema hatte mich seit meiner 1976 erschienenen Monographie zur Sklavenrevolte in Haiti beschäftigt – es wurde mir sozusagen in die Wiege gelegt.

Schon im Vorgespräch spürte ich, dass weder der Initiator noch der Veranstalter der Tagung, ein Pädagogikdozent, etwas anfangen konnten mit den Eckdaten der Kolonialgeschichte, auf die ich mich berief. Erschwerend kam hinzu, dass sie nicht neugierig waren auf Literatur, die mehr vermittelt als bloßes Sachwissen.

Die Vorahnung bestätigte sich, als ich in einem Dorf in der Nähe von Lüchow das Podium betrat. Dort entspann sich so etwas wie ein von Diderot beschriebener Taubstummendialog. Alles, was ich sagte oder vortrug, rief Widerspruch und Empörung hervor: Vom *Floß der Medusa*, das, von Géricault gemalt, zur Ikone der Kolonialismuskritik wurde und aus dem Louvre entfernt werden musste, wo es heute wieder hängt; über die *Hottentottenvenus*, die in London in einem Käfig zur Schau gestellt wurde, bis ein Gerichtsurteil das Spektakel verbot. Und weiter zum Auftritt des »Afrikaforschers« Stanley auf der Kongo-Konferenz in Berlin, der als Lobbyist von Leopold II. die öffentliche Meinung beeinflusste zugunsten des belgischen Königs: Diesem wurde das gesamte Kongogebiet nicht als Kolonie, sondern als Privatbesitz zugesprochen. Das wiederum führte zu dem von Mark Twain und Joseph Conrad dokumentierten Völkermord am Kongo mit Millionen Toten im Zuge des Kautschuk-Booms.

Erst nachträglich wurde mir klar, was passiert war: Meine Kritik wurde in grotesker Verkennung oder Verdrehung des Gesagten missverstanden als Verharmlosung des Kolonialismus, wobei die von mir zitierten Gegenstimmen – vom Dominikanermönch Las Casas, der bei Karl V. für die Rechte der Indios plädierte, bis zu Gandhi und Martin Luther King – die Sache nicht besser, sondern schlimmer machten. Denn obwohl es zu keiner Zeit an Mahnern und Warnern fehlte, die Finger auf die Wunden legten, wurden und werden die Menschenrechte weltweit mit Füßen getreten; selbst Lichtgestalten wie Mutter Teresa und Albert Schweitzer sind von kolonialem Dünkel nicht frei. Die Zuhörer wie auch der Moderator waren überfordert, diese Ambivalenz nachzuvollziehen, von der meine Bücher handeln, und kreideten *mir* die Kolonialverbrechen an nach der Devise: *Der Bote ist schuld an der Botschaft!*

War all das nicht bloß eine Provinzposse, ein Generationenkonflikt oder gar *typisch deutsch*? Nein, denn die Verrohung der Umgangsformen, eine mit *Fake News* und Verschwörungstheorien einhergehende neue Aggressivität, ist ein Kennzeichen des Zeitgeists und Alleinstellungsmerkmal der Gegenwart. Parallel dazu schwindet die Bereitschaft, Zwischentöne und Differenzierungen, ironische Brechungen und satirische Überspitzungen zu akzeptieren, ohne die es keine Kunst und Literatur gibt. In diesem Kontext ist der postkoloniale Diskurs, der alle Übel weißen Männern anlastet, besonders intolerant. Zu denen zähle auch ich – die Berufung auf meine haitianische Großmutter hat mir nichts genutzt. Mit dem Hinweis, dass das kreolische Wort *nèg* keinen negativen Beiklang hat und in Haiti einfach nur Mensch bedeutet, hatte ich mich als Feind geoutet und wurde vom Podium gewiesen. Durch das Abwürgen der Debatte zeigte der *Verein für Demokratie*, was er unter Demokratie verstand: Zensur statt Diskussion.

Zur Ironie der Geschichte gehört, dass der erwähnte Verein unter dem Motto *Gegen das Vergessen* firmiert. Kolonialgeschichte ist damit nicht gemeint, denn die fiel unter den Tisch. Stattdessen geht es um Orwell'sches Newspeak, mit dem Anhänger der Wokeness-Ideologie sich wechselseitig politische Korrektheit bescheinigen. Demnach wäre es an der Zeit, den Niger umzubenennen – allein schon der Name ist eine unerträgliche Provokation!

## Offener Brief an Volker Schlöndorff

Lieber Volker,
wir kennen uns seit 1984, als Mitterrands Kulturchef Jack Lang Künstler und Intellektuelle aus aller Welt nach Paris einlud. Seitdem warte ich auf die Realisierung Deines Filmprojekts zur Kongo-Konferenz 1884/85, bei der Europas Großmächte Afrika wie eine Schokoladentorte aufteilten und mit Schuhkrem geschwärzte Berliner Kinder für den »Kolonialschwindel« warben, dem Bismarck eher skeptisch gegenüberstand. Statt des von mir erhofften Spielfilms über den Afrikareisenden Stanley, der sich als Lobbyist für Belgiens König Leopold betätigte, sah ich dann Deinen Dokumentarfilm *Der Waldmacher*, der aus mir unbekannten Gründen nur im Spätprogramm des Fernsehens läuft.
Um es vorweg zu sagen: Dein Film hat mich begeistert, weil Dir die Quadratur des Kreises gelingt, einen spröden und sperrigen Stoff einfühlsam zu dramatisieren und die fortschreitende Erderwärmung, sprich Klimakatastrophe, so zu präsentieren, dass die Zuschauer hoffnungsvoll statt verzweifelt das Kino verlassen. Und das vor dem Hintergrund von Putins Überfall auf die Ukraine, der Menschenrechte und diplomatische Verträge mit Füßen tritt und alle Klimaziele konterkariert!
Worum geht es? Den *Waldmacher* gibt es wirklich: Er heißt Tony Rinaudo, ist Australier und entdeckte bei dem Versuch, die Sahelzone zu begrünen, dass das Wurzelwerk der durch Monokultur und Dürre zerstörten Wälder unter der Erdoberfläche weiterwuchert und relativ leicht reaktiviert werden kann. Eine bahnbrechende Erkenntnis, das Ei des

Kolumbus, wenn man so will, für Afrikas Trockensavannen, aus denen die Jugend in städtische Slums abwandert, um von dort auf Lastwagen oder seeuntüchtigen Booten nach Europa zu fliehen! Du hast die in der Sahelzone lebenden Kleinbauern, meist von ihren Männern verlassene Frauen, die mit Kindern allein zurückbleiben, nicht von oben herab interviewt, sondern liebevoll porträtiert und statt wie Hilfsobjekte als selbstbestimmte Subjekte behandelt. Dass Dein freundlicher Gewährsmann Tony die Haussa-Sprache spricht und sich in afrikanische Mentalitäten einfühlen kann, hat Dir von Senegal, Niger und Ghana bis Äthiopien Türen geöffnet und Einblicke in sonst verschlossene Bereiche erlaubt. Das Ergebnis ist rundum positiv: Dein Film gibt den Ärmsten der Armen ihre Würde und Schönheit zurück, die man in den Villen korrupter Politiker und Oligarchen, die es auch hier gibt, oder in den Slums der Metropolen vergeblich sucht.

Ich weiß, wovon ich rede, denn ich kehre soeben aus Haiti zurück, der in die Karibik verpflanzten afrikanischen Diaspora, die das Elend der Dritten Welt wie in einem Brennglas bündelt. Das Wort steht hier nicht von ungefähr, denn obwohl ich Haiti gut zu kennen glaubte – meine Großmutter stammt von dort –, sah ich etwas, das mir buchstäblich den Atem verschlug: einen durch Plastikabfälle verstopften Fluss, von Blitzschlägen oder Glasscherben in Brand gesetzt. Das Gegenstück zum brennenden Fluss war die Brandung am Strand von Cap Haitien, wo, wer sich ins Wasser wagt, bis zu den Hüften im Plastikmüll versinkt, den das Meer hier deponiert. Nicht nur Seevögel und Fische, auch Rinder und Ziegen fressen Plastikfolien, die salzig schmecken, wie in Deinem Film gezeigt, und sterben qualvoll daran – vielleicht hast Du deshalb die Müllhalden nicht gefilmt.

Haiti ist das Paradebeispiel eines gescheiterten Staats, dessen Regierung nur auf dem Papier existiert, während kriminelle Banden die Hauptstadt zur No-go-Area machen. Überfälle und Entführungen sind an der Tagesordnung, die Ermordung des Präsidenten Moïse im Juli 2021 ist nach wie vor nicht aufgeklärt, die Analphabetenrate so hoch wie die Arbeitslosigkeit. Auf Einladung der Welthungerhilfe besichtigte ich Projekte im Norden des Landes, die nur über Schlammpisten zu erreichen sind, auf denen Autos sich querstellen oder in die Tiefe stürzen. Im Bergdorf Gens de Nantes traf ich die sogenannte Zivilgesellschaft, bestehend aus 18 Frauen mit 65 Kindern, und wollte wissen, warum nur Frauen und Mädchen Wassereimer auf dem Kopf tragen – eine Frage, die auch Dein Film thematisiert. Die Antwort war eine Notlüge: Auch den Männern sei das Wasserholen erlaubt, aber die hätten sich über die Berge davongemacht, um Arbeit zu suchen in der Dominikanischen Republik, die sie gegen ihren Willen auf Lastwagen repatriiert. Dass der Namenspatron des Dorfs, die Hafenstadt Nantes, einst Zentrum des Sklavenhandels war, behielt ich für mich.

So besehen ist Dein Film eine Wohltat, lieber Volker, denn Du blickst nicht dünkelhaft auf Afrika herab, sondern begegnest den Menschen dort, wo einst die Wiege der Menschheit stand, auf Augenhöhe und mit Respekt. Dafür sei Dir gedankt!

Cap Haitien, April 2022 – Hans Christoph

PS

So weit die gute Nachricht, der die schlechte auf dem Fuße folgt. Denn ausgerechnet Volker Schlöndorff, dessen Filme – vom *Törless* zur *Blechtrommel* und weiter zu Stoffen von Arthur Miller und Max Frisch – stets für Entrechtete eintreten, geriet ins Visier der Wokeness-Ideologie. Dass er weder polarisiert noch polemisiert, sich so weit wie möglich zurücknimmt und im *Waldmacher* lieber andere, vorzugsweise indigene Frauen, zu Wort kommen lässt, hat ihm nichts genutzt, im Gegenteil: Schlöndorff ist und bleibt, wofür er nichts kann, ein weißer Mann, der Afrikanerinnen wohlfeile Ratschläge erteilt. Der Film, so das Fazit selbsternannter Zensorinnen, sei nicht für Schulen und Bildungsstätten geeignet, weil er Ausdruck kolonialer Arroganz und Überheblichkeit sei. *Zitat*: »Volker Schlöndorff fragt in der Haltung eines Lehrers Wissen ab und lässt die Kinder dastehen als kleine Faulpelze ... Zum Abschluss noch ein rügendes: *Can you say it in English!*« Wer dieses Verdikt formuliert hat, ist unerheblich, weil es nur als Zeitgeistphänomen von Interesse ist. Bezeichnend ist, dass die Negativreaktion nicht von direkt Betroffenen kommt, sondern von deutschen Besserwisserinnen, die sich nicht die Mühe machen, sich vor Ort zu informieren, wie Schlöndorff, der in Ruanda Filmkunst lehrt, dies seit Jahren tut. Und der gute Rat, die Sache nicht an die große Glocke zu hängen, weil von übler Nachrede, wie absurd auch immer, stets etwas hängenbleibt, spricht für sich.

## Abspann: Letzte Ausfahrt Haiti

Du bist am Rio Masacre gestrandet, der Fluss heißt wirklich so, *in the middle of nowhere*, dem Niemandsland zwischen Haiti und der Dominikanischen Republik. Früh um sieben hat der Chauffeur der Welthungerhilfe dich in der *Zona Franca* abgeholt und durch die Grenzkontrollen gelotst, die am Sonntag, dem ersten April, weniger stressig sind als sonst, wie du meinst, bis eine Marktfrau, Voodoo-Priesterin oder beides zugleich, sich dir, Arme in die Hüften gestemmt, in den Weg stellt mit der Behauptung, es sei verboten, Rum aus Haiti in die Dominikanische Republik einzuführen. Erst als du ihr einen Fünf-Dollar-Schein zusteckst, tritt die Mambo zur Seite und signalisiert augenzwinkernd, dass sie keine Zollbeamtin ist, mit den Worten, der dominikanische Rum, Brugal oder Barceló, sei untrinkbar, nicht zu vergleichen mit haitianischem *Rhum Barbancourt*. Das war früh am Morgen, mittlerweile ist es zwölf Uhr mittags, die Sonne brennt senkrecht herab und bringt den Asphalt zum Sieden, auf dem du einen Veitstanz vollführst und von einem Fuß auf den anderen trittst, um dir die Fußsohlen nicht zu verbrennen: Das hier ist keine Hüpfburg für Kinder und auch kein Aprilscherz inmitten der Pampa im Nordwesten der Dominikanischen Republik, auf halbem Weg von Dajabón nach Puerto Plata, hinter euch liegt ein Militärposten, dessen Besatzung euch durchgewinkt hat, obwohl der Fahrer des Mietwagens, ein koreanisches Fabrikat, wie dir scheint, aus Haiti stammt und Verdacht erregen müsste mit Lackschuhen und blütenweißem Anzug, der nicht in diese gottverlassene Gegend passt, eine Savanne mit Dornbüschen und Kandelaberkakteen mit theatralisch erhobenen Armen, wer oder was wird hier angeklagt, Gott oder Satan vielleicht, der Jesus die Reiche dieser Welt zu Füßen legt, und passend dazu will der Fahrer aus Ouanaminthe, der seinen Namen mit Enoch angibt und Pastor einer evangelikalen Sekte ist, von dir wissen, wie man den Rückwärtsgang einlegt, als der Motor aussetzt und der Wagen zum Stillstand kommt auf freier Strecke, in Sichtweite eines Checkpoints der Polizei kurz vor Monte Cristi, der Ort heißt wirklich so! Jetzt ist guter Rat teuer, du kommst dir vor wie Estragon oder wie heißt er doch gleich in Becketts *Warten auf Godot*, während der Chauffeur die Kühlerhaube aufklappt und mit gerunzelter Stirn das Kabelgeflecht inspiziert, moderne Bordelektronik, für die Ersatzteile aus Korea bestellt werden müssen, während du ratlos von einem Fuß auf den anderen trittst. Doch du wartest nicht wie Estragon und Wladimir auf Godot, der dir die Reiche dieser Welt zu Füßen legt, all das ist dir egal in diesem Augenblick, auch die Behebung der Panne, was auch immer dahintersteckt, interessiert dich nicht, du willst nur weg von hier, so schnell wie möglich und egal wie, um den Flug nach Frankfurt nicht zu verpassen, für den am Airport in Puerto Plata in diesen Minuten das Check-in beginnt: Erst Tage später, beim Abtippen dieser Notizen, erkennst du, welch aufdringliche Symbolik sich in deinen Text hineindrängt: Der evangelikale Pastor am Steuer des Mietwagens sieht aus wie Baron Samedi, der Herr der Friedhöfe, und nicht weit von hier, im Norden Haitis, hat dein Namensvetter König Christophe das Schloss *Sanssouci* und die Festung *La Ferrière* errichtet, bei deren Bau 20.000 erst vor kurzem befreite Sklaven ums Leben kamen, Alejo Carpentiers Novelle *El reino de este mundo* erzählt davon, schreiben Sie das auf, hatte der Maestro der lateinameri-

kanischen Literatur zu Dir gesagt, als du ihm in der kubanischen Botschaft in Paris deine Aufwartung machtest, wo er als Castros Kulturattaché amtierte, *écrivez ça, jeune homme*, doch Matante Jeanne in Haiti war nicht einverstanden, dieser kleine Kubaner, pflegte sie zu sagen, der mir *piano lessons* gab, war kein Schriftsteller, wie du behauptest, sondern Klavierlehrer, und deine erstunkenen und erlogenen Romane über Haiti sind nicht von einem hergelaufenen Kubaner, sondern durch mich und meine Erzählungen inspiriert! In die gleiche Kerbe schlug dein Verleger Siegfried Unseld mit der Frage, wie viel müssen wir Ihnen zahlen, Herr Buch, damit Sie aufhören über Haiti zu schreiben, und noch kürzer drückte V. S. Naipaul, ein Altmeister der karibischen Literatur, denselben Sachverhalt aus mit dem Satz: »Stop writing about Haiti – it doesn't sell!«
Aber du hörtest nicht auf, im Gegenteil: Nicht du hattest dir Haiti ausgesucht, Haiti hatte dich ausgesucht in Gestalt der Liebesgöttin Erzulie, die dich in einer Voodoo-Zeremonie dazu verdammte, lebenslang Romane über Haiti zu schreiben. Und du fuhrst immer wieder dorthin, um für die Sünden deiner Vorfahren zu büßen, allen voran dein Großvater, der sich, um die Flora der Antillen zu erforschen, am Ende des vorvorigen Jahrhunderts in Port-au-Prince niederließ, eine Apotheke eröffnete und deine Großmutter heiratete, Madame Laraque aus der in Haiti tonangebenden Mulatten-Bourgeoisie, ein Privileg der Hautfarbe, wenn man so will, aber das gehört in ein anderes Kapitel dieser sinnlos ausufernden Geschichte –
Ein Motorrad wird sichtbar, nein, es ist keine Fata Morgana, keine Luftspiegelung, erzeugt von in Wellen aufsteigender Hitze über dem Asphalt, das Motorrad ist echt, der Fahrer ebenfalls, und kurz danach stoppt ein LKW, auf dessen Ladefläche ein Ehepaar sitzt, alle drei beugen sich

hilfsbereit oder einfach nur neugierig über den Motor des Mietwagens, um den Schaden zu inspizieren, an dessen Behebung du jetzt schon kein Interesse mehr hast, du willst, nein musst weg von hier, wie du dem Chauffeur der Welthungerhilfe erklärst, genau genommen ein Aushilfsfahrer, der allein sehen muss, wie er klarkommt, und jetzt auch noch den Autoschlüssel vermisst, wo steckt der bloß, doch du bist hundertprozentig, *ciento por ciento*, unschuldig an dem Schlamassel, das Enoch für dich ausbaden soll: Nach kurzem Palaver wirst du handelseinig mit dem Motorradfahrer, der sich dein Gepäck vor die Brust schnallt, während du auf dem Rücksitz Platz nimmst mit umgehängter Tragetasche und ihr im Leerlauf bergab rollt zum Checkpoint der Polizei, wo ein Chevrolet mit Gasantrieb dich erwartet, klapprig, aber fahrtüchtig, der dem Schwager des Motorradfahrers gehört, in und um Monte Cristi sind alle miteinander verschwägert oder versippt, 400 US-Dollar soll die Fahrt zum Flughafen kosten, 300 tun's auch, aber statt ins 150 Kilometer entfernte Puerto Plata zu fahren, wo das Check-in des Fluges nach Frankfurt gerade beginnt, biegt ihr von der Hauptstraße ab zum Haus des Chauffeurs, du wäschst dir die Hände im mit Plüschtieren dekorierten Bad, während die Schwiegertochter des Fahrers mit Kind im Schoß, ein kleines Mädchen mit rosa Schleifen im Haar, sich auf den Beifahrersitz setzt, und du dich fragst, was hier vorgeht: Handelt es sich um einen Familienausflug, eine Sightseeing-Tour durch die Dominikanische Republik oder ein von Dir befürchtetes, insgeheim erhofftes Kidnapping, das in *Bild* Schlagzeilen macht: *Berliner Autor in Domrep entführt!* Ist das der Augenblick der Wahrheit, ein Ausrutscher oder ein Freud'scher Versprecher, der Verdrängtes sichtbar macht, die unbewusste Motivation deiner Reisen nach Haiti, einem gescheiterten Staat, der wie ein Brennglas Probleme bündelt, an denen du dich lebenslang abarbeiten wirst, globaler Süden, Dritte Welt, Unterentwicklung oder wie die Schlagworte heißen, denn hinter jedem noch so abgehobenen Engagement steckt ein subjektiver Faktor, der in den Sonntagsreden nicht vorkommt, die Suche, nein die Sucht nach dem schnellen Fick, dem ultimativen Kick, der in Haiti an jeder Ecke angeboten wird weit unter Preis, aber auch das war es nicht, im Gegenteil, du hattest Mühe, den minderjährigen Nutten und Strichern, die unaufgefordert zu dir ins Auto stiegen, klarzumachen, warum du es nicht mit ihnen treiben wolltest, heute nicht, morgen oder übermorgen vielleicht, faule Ausreden zum Abwimmeln der Straßenkinder Schuhputzer Bettler, die sich an deine Fersen hefteten, doch auch das war es nicht, beruflicher Ehrgeiz vielleicht, denn Schreiben ist kein Modus des Habens, sondern des Seins, und Haiti war und ist für dich wie Dublin für Joyce oder Danzig für Grass ein realer und zugleich fiktiver Ort, der als Alleinstellungsmerkmal dein Leben und deine Arbeit grundiert –

Diese und andere konfuse Gedanken gehen dir durch den Kopf, während der Chauffeur, die Schwiegertochter mit Kleinkind neben sich, waghalsige Überholmanöver vollführt, den Gegenverkehr von der Fahrbahn abdrängt und wild hupend in Haarnadelkurven einbiegt mit Blick in Abgründe voller Autowracks, du hast um Beeilung gebeten, aber so ist es nicht gemeint, lieber den Rückflug verpassen als einen tödlichen Unfall riskieren, sagst du dir, während Ortsnamen wie Mao Imbert Santiago Rodriguez und Sosúa vor dem Autofenster auftauchen und wieder verschwinden, hier hast du vor Jahrzehnten bei jüdischen Emigranten aus Wien logiert, denen Trujillo das Leben rettete mit dem auf der Flüchtlingskonferenz von Évian gegebenen Versprechen, verfolgten Juden und Veteranen des spanischen

Bürgerkriegs Obdach und Zuflucht zu gewähren, der Diktator, ein Bewunderer Hitlers und Mussolinis, hielt Wort, und Hans, so hieß dein Gastgeber, lernte, Rinder zu brandmarken und den Sekundärwald zu roden im Norden der Dominikanischen Republik, wo Trujillo den Juden Land zur Verfügung stellte: Hans war Mitbegründer des Kibbuz, das die Dominikanische Republik bis heute mit Milchprodukten versorgt, dort, wo einst dein Freund Peter Fürst, Ex-Sportreporter des *Berliner Tageblatts*, hoch zu Ross eine Kakaopflanzung bewachte und mit dem 45er Colt Ratten von den Bäumen schoss. (Jahre später kommentierte er die Boxkämpfe von Mohammed Ali für die *Voice of America* und schrieb den *Zigarrentöter*, einen autobiographischen Roman, den du im *Spiegel* besprachst – das nur in Klammern.) Ihr nähert euch Puerto Plata, es ist fünf Uhr nachmittags, *rush hour*, und der Verkehr verdichtet sich zu Staus, durch die Manuel, so heißt der Fahrer, sich mit Hupkonzerten den Weg bahnt, bevor er dich in letzter Minute, der Check-in-Schalter ist zu, am Airport abliefert, wo du, hochgestuft von Economy auf Premium Class, mit knapper Not die startbereite Maschine erreichst und besteigst –

## Danksagung

Ich danke meinem österreichischen Freund und Kollegen Erich Wolfgang Skwara für die Erlaubnis, unsere Erlebnisse in Hongkong und Peking satirisch überdreht nachzuerzählen. Seine Abenteuer in Mexiko und den vergeblichen Versuch, an die Westfront des Ersten Weltkriegs zu gelangen, schildert John Reed in Reportagen, die nach seinem frühen Tod gesammelt erschienen, nachzulesen in dem von mir edierten Buch: John Reed, Eine Revolutionsballade, Mexico 1914 (in: Die Andere Bibliothek, hg. von H. M. Enzensberger, Band 247). Über die Gefangennahme und Hinrichtung von Kaiser Maximilian berichtet dessen Leibarzt Dr. Basch in seinem 1868 publizierten Kriegstagebuch. Maximilians standrechtliche Erschießung hat der französische Künstler Édouard Manet gemalt. Die Freiheiten, die er sich dabei nahm, beansprucht auch der vorliegende Text – kein Sachbuch zu sein, sondern literarische Fiktion, die den historischen Prozess zur Kenntlichkeit entstellt. Anachronismen und mögliche Irritationen sind vom Autor gewollt. Besonderer Dank gilt meiner Nachbarin in Berlin-Moabit, der Dramaturgin Astrid Vehstedt, für Auszüge aus Briefen von Liane Löw, die Shimon Lev, der Neffe der Ermordeten, ihr aus Tel Aviv zugänglich machte. Auch für die Internet-Recherche meines Enkels Malik Ceesay sei an dieser Stelle gedankt!

Berlin, November 2023, H. C. B.